dtv

Reihe Hanser

Wer möchte nicht einmal im Lotto gewinnen? Ella und ihre Freunde haben das Glück, ganz ohne Lotto gespielt zu haben. Denn sie finden einen Lottoschein, der Millionen wert ist! Nun müssen sie ihn nur noch einlösen. Doch dann ist der Schein plötzlich wie vom Erdboden verschwunden. Welcher böse Schurke hat hier seine Hand im Spiel? Ella und ihre Freunde finden es heraus und haben dabei, wie immer, jede Menge Spaß.

Timo Parvela, 1964 geboren, war lange und gern Lehrer, bevor er Schriftsteller wurde. Er schreibt für Erwachsene und Kinder und wurde dafür vielfach ausgezeichnet. Seine »Ella«-Bücher sind nicht nur in Finnland Kult. »Ella und das große Rennen« wurde auch verfilmt.

Sabine Wilharm, 1954 geboren, studierte an der Fachhochschule für Gestaltung in Hamburg und arbeitet seit 1976 als freie Illustratorin. Sie zeichnete u. a. den deutschen Harry Potter.

Timo Parvela

Ella und der Millionendieb

Aus dem Finnischen von
Anu und Nina Stohner

Mit Bildern von Sabine Wilharm

dtv

Ausführliche Informationen über unsere Autoren und Bücher
www.dtv.de

Timo Parvelas »Ella« in der *Reihe Hanser*:
»Ella in der Schule« (dtv 62456)
»Ella in der zweiten Klasse« (dtv 62481)
»Ella auf Klassenfahrt« (dtv 62527)
»Ella und der Superstar« (dtv 62549)
»Ella in den Ferien« (dtv 62586)
»Ella und die falschen Pusteln« (dtv 62601)
»Ella und der Neue in der Klasse« (dtv 62611)
»Ella und das große Rennen« (dtv 62627)
»Ella und der Millionendieb« (dtv 62633)

MIX
Papier aus verantwortungsvollen Quellen
FSC® C019821
FSC
www.fsc.org

2016 dtv Verlagsgesellschaft mbH & Co. KG, München

Titel der Originalausgabe: ›Ella ja jättipotti‹
(Tammi, Helsinki)

Umschlagillustration: Sabine Wilharm
Gesetzt aus der Goudy Old Style 10,25/16
Druck und Bindung: Druckerei C.H.Beck, Nördlingen
Gedruckt auf säurefreiem, chlorfrei gebleichtem Papier
Printed in Germany · ISBN 978-3-423-62633-0

Die große Lehrerentführung

Ich heiße Ella. Ich gehe immer nur in die zweite Klasse, und das nervt, weil ich gern bald mein Abitur feiern und dazu mein neues blaues Kleid mit der Schleife hinten anziehen würde. Zum Glück habe ich wenigstens eine nette Klasse und einen netten Lehrer. Das heißt, den netten Lehrer habe ich nicht mehr. Der ist spurlos verschwunden. Es ist morgens passiert. Oder vielleicht schon in der Nacht, aber gemerkt haben wir es erst morgens, als wir in die Schule kamen. Da war der Lehrer nicht da.

»Jemand muss ihn entführt haben«, sagte Hanna entsetzt.

»Quatsch! Wer würde denn einen Lehrer entführen?«, sagte ich.

»Ein Dummkopf«, sagte Timo, unser Klassengenie.

Er hatte natürlich recht. Nur ein Dummkopf hatte einen Grund, einen Lehrer zu entführen: weil er jemanden brauchte, der ihn schlauer machte.

»Und wer soll das bei unserem Lehrer sein?«, fragte ich.

Wir überlegten einen Augenblick, dann schauten

wir Pekka an. Pekka ist unser Klassendödel. Jetzt gerade kickte er den Tafelschwamm zwischen den Tischen im Klassenzimmer herum und tat so, als wäre er gleichzeitig Fußballreporter.

»Was glotzt ihr so?«, fragte er, als er unsere Blicke bemerkte. Das war eine schlaue Frage. Vielleicht war er doch nicht der Entführer. Pekka ist auch nicht wirklich dumm. Er ist nur ein bisschen dödelig und eine Sportskanone. Außerdem ist seine Mutter die Direktorin unserer Schule. Wozu hätte er sich also noch einen Lehrer ins Haus holen sollen? Dann hätte er ja gleich in die Schule umziehen können. Es sah aus, als müssten wir uns einen neuen Verdächtigen überlegen.

»Was ist mit der Frau des Lehrers?«, fragte Hanna.

»Kann ich mir nicht vorstellen«, sagte ich. »Warum sollte sie ihren eigenen Mann entführen?«

»Meine Mutter hat meinen Vater auch entführt«, behauptete Pekka.

»Ehrlich?«, wunderte ich mich.

»Ja. Mein Vater sagt, sie hat ihn zum Traualtar entführt, und sie sagt, sie hätte es bestimmt nicht gemacht, wenn sie gewusst hätte, dass niemand Lösegeld für ihn bezahlen will.«

»Ich meinte nicht, dass die Lehrerin ihren Mann entführt hat, sondern dass wir ihr Bescheid sagen sollten, was passiert ist«, erklärte Hanna geduldig.

Das stimmte natürlich. Wir mussten der Frau des Lehrers sagen, dass sie nach der Schule nicht auf ihren Mann zu warten brauchte, weil erst das Lösegeld bezahlt werden musste und sich so was eine Weile hinziehen konnte. Außerdem war in zwei Wochen Weihnachten, und Geschenke brauchte sie ihm auch keine zu kaufen, wenn man nicht wusste, ob er an Heiligabend überhaupt zu Hause war.

Wir rannten gleich ins Klassenzimmer der 2 B auf demselben Flur. Die Frau des Lehrers ist nämlich die Lehrerin der 2 B. Wir sind die 2 A. Als wir bei denen im Klassenzimmer ankamen, herrschte dort das reinste Chaos, und wir sahen auch gleich, woran es lag: Die Lehrerin war nicht da.

Die Jungs spielten mit Besen und Zeigestöcken Eishockey, und die Mädchen malten Bilder an die Tafel. Genauer gesagt, malten sie Fratzen, und ich erkannte Pekka, Timo, unseren Klassenrambo und Mika, der meistens als Batman verkleidet ist. Pekka hatten sie Ohren wie Satellitenschüsseln gemalt, Timo eine Brille, die größer war als sein Kopf, dem Rambo Fäuste wie Fußbälle und Mika zu seiner Batman-Maske und seinem Batman-Umhang einen langen geringelten Schwanz.

Wir versuchten, die von der 2 B zu fragen, wo ihre Lehrerin war, aber sie schienen uns nicht zu hören. So sind die von der 2 B: ungezogen wie nur was. Wenn bei uns der Lehrer nicht da ist, bleiben wir brav auf unseren Plätzen und machen still die Extraaufgaben, die er uns gegeben hat. Wie die von der 2 B sich benahmen, war echt unter aller Kanone.

Weil Schreien und Rufen nichts half, versuchten wir es mit missbilligenden Blicken. Am missbilligendsten blickten Timo, der Rambo und Mika, die ihre Bilder an der Tafel natürlich auch erkannt hatten. Weniger missbilligend blickte Pekka, der sich nur wunderte, warum die Mickymaus an der Tafel so kleine Ohren hatte.

Als die von der 2 B auch unsere missbilligenden Blicke nicht bemerkten, rannten wir zurück in unsere Klasse und hielten eine Krisensitzung ab. Das machen wir immer, wenn es ein Problem gibt.

»Das ist eine ernste Sache«, sagte Timo.

»Stimmt«, sagte der Rambo. »Wenn die Bilder nicht verschwinden, pack ich mir einen nach dem andern von denen und nehm ihn als Tafellappen.«

»Timo meint, die Sache ist ernst, weil außer dem Lehrer auch seine Frau verschwunden ist. – Der Entführer hat also beide entführt«, erklärte Hanna geduldig.

»Das meine ich *nicht*«, widersprach ihr Timo.

»Da seht ihr's«, sagte Pekka. »Nie versteht ihr ihn.«

»In Wirklichkeit meint er nämlich, dass wir uns für den Ringelschwanz rächen müssen, den sie Batman gemalt haben«, sagte Mika.

»Stimmt genau. Und für meine viel zu große Brille auch!«, sagte Timo und rückte seine richtige gerade.

Wir Mädchen wunderten uns ein bisschen. Wir hätten wirklich gedacht, dass die zwei Entführungen ernster waren.

»Man muss die Feuer löschen, wie sie kommen«, sagte Timo, der immer einen schlauen Spruch auf Lager hat.

Das mit dem Feuer fand Pekka auch. Wir konnten ihn gerade noch vom Feuerlöscher wegziehen, sonst wäre er damit in die 2 B gestürmt. Manchmal ist Pekka mit den Händen und Füßen schneller als mit dem Kopf.

Dann war wieder Timo an der Reihe. Er schaute über den Brillenrand hinweg in die Runde und sagte: »Die 2 B hat keine Lehrerin – da braucht es doch wohl so schnell wie möglich eine Vertretung ...«

»Aha!«, sagte ich.

»Aha!«, sagte Hanna.

»Aha!«, sagte Tiina.

»Ha!«, sagte der Rambo.

»Ha!«, sagte Mika.

»Hä?«, sagte Pekka.

Dann marschierten wir in den Raum für Bastelsachen, wo auch jede Menge Watte aufbewahrt wird.

Die Musikbastelstunde

Wir waren echt ein beeindruckender Anblick: gleich sieben bärtige Vertretungslehrer. Ich glaube, wir sahen fast ein bisschen zum Fürchten aus. Bestimmt würden wir so auch die wilde 2 B zur Vernunft bringen. Das dachten wir, und so war es dann tatsächlich.

Die von der 2 B wurden mucksmäuschenstill, als wir erst ins Klassenzimmer ein- und dann gleich wieder ausmarschierten, weil Timo sich beim Schließen der Tür den Bart eingeklemmt hatte. Draußen auf dem Flur klebten wir den Bart mit Klebestreifen wieder an, dann marschierten wir zum zweiten Mal ein. Die Jungs der 2 B standen immer noch mit roten Backen und verstrubbelten Haaren da, und die Mädchen versteckten immer noch die Kreide hinterm Rücken.

»Waldwichtel!«, flüsterte eins von ihnen.

»Schneewittchens sieben Zwerge!«, flüsterte ein anderes.

»Nein, sieben Greise!«

»Sieben Greislein!«

»Die sieben Geißlein, weitersagen!«

»Und wieso wächst einem der Geißlein der Bart über

die Augen?«, fragte einer der Jungen und zeigte auf Mika.

Da sahen wir es auch: Mikas Bart saß wirklich sehr weit oben. Außerdem hatte Mika Löcher reingeschnitten.

»Das ist kein Bart, das ist eine Maske«, erklärte er. »Ich bin der maskierte Batman.«

»Ich dachte, Batman *ist* schon maskiert«, sagte der Junge.

»Du kapierst es nicht« sagte Mika sauer. »Wenn ich nicht maskiert wäre, wüsste doch jeder gleich, dass ich Batman bin.«

Da mischte sich Timo ein.

»Eure Lehrerin ist entführt worden«, sagte er.

»Und wir sind die Vertretungslehrer«, sagte Hanna.

»Marsch, auf eure Plätze!«, sagte Tiina.

»Aber ein bisschen dalli!«, sagte ich.

»Schämt euch!«, sagte Mika.

»Sitz!«, befahl der Rambo.

»Wart ihr auch alle brav?«, fragte Pekka mit tiefer Stimme.

Danach saßen sie alle brav an ihren Tischen. Nur ein Junge meldete sich, aber das wunderte uns nicht. Die 2 B ist eben eine lebhafte Klasse.

»Was haben wir in der Vertretungsstunde?«, wollte der Junge wissen.

Das wussten wir leider nicht. Wir hatten gar nicht die Zeit gehabt, darüber nachzudenken. Schließlich hatten wir uns die Bärte basteln müssen.

»Bastelstunde«, schlug Hanna vor.

»Ich hasse Basteln«, beschwerte sich Pekka.

»Wie wär's mit Musik?«, fragte ich.

»Musik ist noch schlimmer als Basteln«, beschwerte sich der Rambo.

»Wir haben eine Musikbastelstunde«, sagte Timo, der wirklich ein Genie ist.

Dann schlug er vor, dass wir einen fliegenden Fischauflauf basteln sollten. Der fliegende Fischauflauf kommt in einem Lied vor, das der Lehrer uns in der letzten Musikstunde beigebracht hatte. Wir hatten es nicht richtig verstanden, aber wie es der Lehrer gesungen und dazu auf dem Akkordeon gespielt hatte, war sehr lustig gewesen.

Wir holten Pappkarton, Seidenpapier, Stoffreste, Blockflöten, Rasseln und Kleber aus dem Raum für Bastelsachen, dann konnte es losgehen. Wir passten auf, dass alle genug Kleber abbekamen, denn es war ja klar, dass es bei einem Fischauflauf viel zu kleben geben würde.

Ein bisschen schade war nur, dass wir den Kindern nicht erklären konnten, wie ein fliegender Fischauflauf eigentlich aussah, weil wir es ja selbst nicht wussten.

Der Lehrer hatte es uns nämlich nicht erklärt. Aber die von der 2 B schien das zum Glück nicht zu stören. Sie klebten schon alle wie wild.

Ein Junge klebte sich die Nase an seiner Blockflöte fest. Ein anderer beklebte seinen Tisch mit buntem Stoff. Ein dritter klebte seinem Vordermann Seidenpapierbällchen auf den Rücken. Das sah toll aus, wie ein Igel mit runden Stacheln. Wieder ein anderer schaffte es, sich eine Rassel an die Stirn zu kleben, und sah wie ein rasselndes Einhorn aus. Man musste zugeben, dass die von der 2 B zwar kein Benehmen am Leib hatten, aber Spitzenbastler waren.

Timo und Mika gingen dann das Akkordeon des Lehrers aus unserem Klassenzimmer holen und spielten das Lied vom fliegenden Fischauflauf vor. Oder jedenfalls behaupteten sie, dass es das Lied war. Es war alles sehr lustig, und ich konnte gar nicht mehr verstehen, warum der Lehrer sich manchmal über seinen Beruf beschwerte. Lehrer zu sein machte eindeutig mehr Spaß, als Schüler zu sein. Darum war es auch so schade, dass auf einmal die Direktorin ins Klassenzimmer kam.

»Ist das jetzt Schneewittchen?«, flüsterte das Mädchen, das uns für die sieben Zwerge gehalten hatte.

»Die Direktorin«, flüsterte das Mädchen daneben.

»Schneewittchen ist bei uns Direktorin?«, wunderte sich das erste Mädchen. »Wie will sie denn hier einen Prinzen finden?«

Da hatte sie natürlich recht. Kein Prinz würde sich doch trauen, eine Direktorin zu küssen. Nachher musste er dafür noch nachsitzen.

»Kann mir jemand sagen, was das hier soll?«, fragte die Direktorin, als sie sich mit weit aufgerissenen Augen im Klassenzimmer umgeschaut hatte.

Wir waren ihrem Blick gefolgt und wussten, was sie meinte. Überall sah man fliegende Fischaufläufe, aber selbst wenn man wusste, dass es welche sein sollten, konnte man sie schwer erkennen. Was man leicht erkennen konnte, war, dass sich die 2 B komplett an ihren Tischen und Stühlen festgeklebt hatte. Ehrlich gesagt, waren wir ein bisschen stolz, dass wir so eine wilde Klasse dazu gekriegt hatten, still zu sitzen.

Komisch war nur, dass die Direktorin immer noch nicht verstand, was los war. Wir mussten es ihr erst erklären.

»Wir sind Vertretungslehrer«, erklärte ihr Timo.

»Der Lehrer ist heute nämlich nicht gekommen«, erklärte ihr Hanna.

»Und seine Frau auch nicht«, erklärte ich ihr.

»Das heißt ...«, sagte die Direktorin mit noch weiter aufgerissenen Augen als zuvor.

Wir nickten stumm.

»Aber das ist ja wunderbar!«, rief die Direktorin aus.

Wir waren verblüfft.

»Das muss sofort die ganze Schule erfahren«, sagte die Direktorin. »Ich mache eine Lautsprecherdurchsage ...«

Dann hörten wir auch schon ihre Absätze über den Flur klappern. Wir selbst standen immer noch vor der Klasse und wunderten uns. Wieso freute sich die Direktorin, dass zwei Lehrer ihrer Schule entführt worden waren? Das war doch merkwürdig. Oder hatte sie seit Neuestem ein paar Lehrer zu viel?

»Große Pause!«, verkündete Timo, aber die ganze 2 B blieb sitzen. Es blieb ihr ja auch nichts anderes übrig.

»Liebe Kolleginnen und Kollegen, liebe Schülerinnen und Schüler!«, hörten wir die Stimme der Direktorin aus dem Lautsprecher über der Tafel. »Die Kollegin und der Kollege unserer zweiten Klassen haben heute ihr zweites Kind bekommen. Wir schicken der Familie unsere besten Wünsche ins Krankenhaus!«

Wir haben was gewonnen

Für den Rest des Schultags hatten wir Unterricht bei der Direktorin. Die 2 B auch, aber um die musste sie sich nicht mehr viel kümmern. Die waren brav.

»Ihr solltet euch ein Beispiel an eurer Parallelklasse nehmen«, sagte die Direktorin, als sie zwischendurch kurz nach ihnen sehen gewesen war. »Die sitzen so brav auf ihren Plätzen, als wären sie festgeklebt.«

Natürlich war uns jetzt klar, dass der Lehrer nicht entführt worden war. Höchstens hatte er seine Frau ins Krankenhaus entführt, damit sie ihr Kind zur Welt bringen konnte. Es sei alles gut gegangen, hieß es. Dem Kind gehe es gut, der Frau des Lehrers gehe es gut, und der Lehrer selbst sei bestimmt auch bald wieder auf dem Damm.

»Ein Kind zu bekommen ist kein Pappenstiel«, erklärte uns die Direktorin. »Aber es ist jede Mühe wert«, sagte sie mit einem liebevollen Blick auf Pekka, der sich beim Versuch, sein Mäppchen herauszuholen, in den Schnüren seines Rucksacks verheddert hatte.

»Ihr wisst sicher schon, wie Kinder geboren werden?«, fragte sie, als Pekka sich endlich befreit hatte.

Wir nickten. Natürlich hatten wir im Fernsehen gesehen, wie eine Mutter ins Krankenhaus ging, eine Weile unter einem weißen Laken stöhnte und ihr die Krankenschwester zur Belohnung ein süßes lachendes Baby brachte, das frisch aus der Babyfabrik kam. Babyfabriken soll es früher auf der ganzen Welt gegeben haben, aber heutzutage stehen wahrscheinlich die meisten in China, weil dort überhaupt die meisten Fabriken stehen. Darum sind die chinesischen Babys auch alle so klein und sehen irgendwie gleich aus.

Weil wir schon alles über Babys wussten, erzählte uns die Direktorin nur, dass der Lehrer noch ein paar Tage fehlen würde. So lange hätten wir eine Vertretung. Leider habe die Schule kein Geld für einen richtigen Lehrer, darum sei unsere Vertretung ein Rentner, und früher sei er Gärtner gewesen.

»Für die 2 B haben wir einen ehemaligen Kleintierpfleger«, sagte die Direktorin.

Da waren wir schon ein bisschen neidisch. Kleintierpfleger hörte sich eindeutig spannender an als Gärtner.

Bis zum Schulschluss bastelten wir dann eine Riesenglückwunschkarte für die Lehrerfamilie. Hanna malte ein süßes Baby darauf, und wir anderen bastelten winzige Röschen aus Seidenpapier dazu. Winzig bastelten wir sie deshalb, weil die 2 B fast das ganze Seidenpapier der Schule für ihre fliegenden Fischaufläufe aufgebraucht hatte. Die Direktorin schüttelte den Kopf, dabei wusste sie da noch gar nicht, dass auch kaum noch Watte und Kleber da waren.

»Ich werde wieder mal ans Schulamt schreiben müssen«, seufzte sie. »Wir brauchen einfach mehr Geld für Bastelsachen.«

Der fehlende Kleber störte dann am wenigsten. Wir klebten die Röschen einfach mit Klebestreifen um das Baby herum. Das heißt, Pekka klebte das eine, das er fertig gekriegt hatte, dem Baby auf die Stirn.

»Ein Baby kann doch keine Rose auf der Stirn haben«, sagte Tiina streng.

»Kann es wohl. Mein Opa hat eine Rose am Fuß, da kann ein Baby auch eine an der Stirn haben«, verteidigte sich Pekka.

»Die von deinem Opa ist tätowiert, das ist was anderes«, sagte Timo, der manchmal Sachen weiß, dass man sich nur noch wundert.

»Und wo ist der Unterschied?«, fragte Pekka.

Da winkte Timo ab, und die Rose durfte bleiben.

Nach der Schule standen wir auf dem Schulhof und überlegten, was wir machen sollten. Die Direktorin hatte uns einen großen frankierten Umschlag für die riesige Glückwunschkarte gegeben und gesagt, wir sollten ihn irgendwo in den Briefkasten stecken. Aber Timo hatte eine bessere Idee. Bessere Ideen sind seine Spezialität.

»Wir stecken den Umschlag *nicht* in den Briefkasten«, sagte er.

»Nicht?«, wunderte sich Hanna.

»Nein«, sagte Timo. »Wir bringen ihnen die Karte persönlich.«

Das war eine erstklassige Spitzenidee. Der Lehrer würde sich bestimmt riesig freuen, wenn wir persönlich im Krankenhaus auftauchten, um ihm, seiner Frau und seinen jetzt zwei Kindern und zwei Hunden zu gratulieren. Dann war nämlich seine ganze große Familie zusammen, und bestimmt war es ihm so am liebsten. Bestimmt hatte er uns schon den ganzen Tag vermisst. Schließlich sind wir auch seine Kinder, seine Schulkinder nämlich.

Wir machten uns also auf den Weg zum Krankenhaus. Hanna marschierte voran und schwenkte den großen Umschlag wie eine Fahne. Wir andern gingen im Gänsemarsch hinter ihr her.

Der Weg zum Krankenhaus war ganz schön lang, und irgendwann musste Mika mal. Also gingen wir in einen Blumenladen und fragten die Blumentante, ob Mika ihre Toilette benutzen darf. Die Blumentante war sehr nett und richtig gerührt, als sie hörte, warum wir auf dem Weg ins Krankenhaus waren.

»Was für wunderbare junge Menschen!«, seufzte sie und wischte sich eine Träne weg.

Dann fragte sie, ob wir auch an Blumen gedacht hätten. Das hatten wir natürlich schon die ganze Zeit. Schon seit wir in dem Blumenladen waren. Schließlich standen dort überall welche herum. Vor allem Weihnachtssterne, weil ja bald Weihnachten war.

Das einzige Problem mit den Blumen war, dass wir kein Geld dafür hatten. Hanna suchte in ihren Hosentaschen, aber sie fand nur eine alte Busfahrkarte. Ich fand in meinen Hosentaschen einen Knopf, Tiina fand ein Haargummi, Timo einen Kugelschreiber, und der Rambo fand nur ein Loch, durch das er zwei Finger stecken konnte. Mika fand einen gekauten Kaugummi, von dem er dachte, dass er ihn verloren hätte, und Pekka fand irgendwann sogar die Hosentaschen selber. Er hatte seine Hose nämlich verkehrt herum angezogen und die Taschen schon den ganzen Tag vermisst. Als er die Hose aus- und wieder angezogen hatte, fand er außerdem einen zerknüllten Zettel.

»Aha, da steckt der!«, sagte er, weil er da noch dachte, es wäre der Einkaufszettel, den ihm seine Mutter mitgegeben hatte und der schon vor seinen Hosentaschen verschwunden gewesen war. Dann war es aber ein Lottoschein.

»Den solltet ihr in der Annahmestelle nachschauen

lassen«, sagte die nette Blumentante, als sie ihn sah. »Vielleicht habt ihr was gewonnen.«

Dann gab sie jedem von uns eine schöne Rose, und wir versprachen, zurückzukommen und sie zu bezahlen, wenn wir wirklich was gewonnen hatten.

»Wenn ihr sechs Richtige habt, könnt ihr gleich den ganzen Laden kaufen«, sagte die Blumentante mit einem traurigen Lächeln. »Wenn ich nicht bald meine Schulden bezahle, werde ich ihn nämlich verkaufen müssen.«

Wir freuten uns alle riesig über die Rosen, nur Mika nicht. Er musste weinen, weil er sich sicher war, dass seine abknickte, bevor er sie dem Lehrer oder seiner Frau überhaupt geben konnte. Mika ist manchmal echt eine Heulsuse. Aber wir trösteten ihn und sagten, er brauche sich keine Sorgen zu machen. Bestimmt knicke seine Rose nicht ab, und wenn, würden der Lehrer oder seine Frau sich bestimmt auch über eine geknickte Rose freuen.

Die nächste Lotto-Annahmestelle war gleich über die Straße in einem Zeitschriftenladen. Wir waren sehr gespannt, wie viel wir gewonnen hatten.

»Aha, die Damen und Herren Lottogewinner haben schon Rosen und einen genügend großen Umschlag dabei«, lachte der Zeitschriftenonkel, als Pekka den Schein auf die Theke legte. »Ich schau gern nach, ob ihr gewonnen habt, aber ich muss euch gleich sagen, dass ich euch keinen Gewinn ausbezahlen darf. Wenn ich es richtig sehe, seid ihr nämlich noch minderjährig.«

»Ich nicht«, sagte Pekka. »Ich bin sogar schon viel zu alt.«

»Wie das?«, wunderte sich der Zeitschriftenonkel.

»Meine Mutter sagt das immer«, sagte Pekka.

»Was *genau* sagt sie?«, fragte der Onkel.

»Dazu bist du schon viel zu alt«, sagte Pekka.

»Zu alt *wozu?*«, ließ der Onkel nicht locker.

»Um im Einkaufswagen zu sitzen«, sagte Pekka.

»Und da hat sie vollkommen recht«, sagte der Zeitschriftenonkel und steckte den Lottoschein in einen Schlitz an einer großen blinkenden Maschine.

Die Maschine piepte, und wir warteten gespannt, was sie rauskriegte. Der Zeitschriftenonkel war auch gespannt und schaute die ganze Zeit auf einen kleinen Bildschirm oben an der Maschine. Dann sah er auf ein-

mal was und schüttelte den Kopf. Er betrachtete den Bildschirm noch mal von ganz nah, dann holte er seine Brille und betrachtete ihn noch mal von weiter weg. Das schien aber nicht zu helfen, jedenfalls haute er mit der Faust auf die Maschine, und als das auch nicht half, schaltete er sie ein paarmal aus und ein. Am Ende zog er den Schein wieder aus der Maschine heraus und gab ihn Pekka zurück. Da sahen wir, dass ihm die Hände zitterten. Dem Zeitschriftenonkel, nicht Pekka. Der nahm den Schein nur, knüllte ihn zusammen und stopfte ihn wieder in die Hosentasche.

»An deiner Stelle würde ich damit vorsichtiger umgehen«, sagte der Zeitschriftenonkel heiser.

»Mit was?«, fragte Pekka.

»Mit dem Lottoschein«, flüsterte der Onkel.

»Haben wir denn was gewonnen?«, fragte Timo, und wir anderen spitzten die Ohren.

Mein Opa hat angeblich mal fast 30 Euro gewonnen, aber an so einen Riesengewinn traute ich mich nicht mal zu denken. Ich hätte schon 20 Euro toll gefunden. Damit hätten wir die Rosen bezahlen können, und es wäre immer noch genug übrig gewesen, um mit dem Bus ins Krankenhaus zu fahren.

»Ihr habt ...«, stöhnte der Onkel und wischte sich den Schweiß von der Stirn, »... ihr habt eine Million gewonnen.«

101208

Wir waren uns einig, dass wir sofort eine Krisensitzung abhalten mussten. Wir setzten uns auf eine Bank, aber dann war es ganz komisch. Erst mal sagte nämlich niemand was. Alle starrten nur auf den Lottoschein, den Pekka wieder aus der Tasche gekramt hatte. Der Zeitschriftenonkel hatte uns noch nachgerufen, dass wir einen Erwachsenen bitten sollten, den Gewinn abzuholen. Bei der Lottogesellschaft. Weil sie den Kindern angeblich auch nichts ausbezahlten. Aber Timo fand das mit den Erwachsenen keine so gute Idee.

»Wenn's um Geld geht, regen sich Erwachsene nur unnötig auf«, sagte er.

Und das stimmte natürlich. Mein Vater zum Beispiel regt sich immer auf, wenn meine Mutter über Geld sprechen will. Und meine Mutter regt sich auf, wenn er nicht darüber sprechen will. Als Pekka noch klein war, hatte es bei ihnen zu Hause sogar mal wegen eines mickrigen Euros Theater gegeben. Dabei hatte er ihn nur verschluckt. Wenn Erwachsene schon wegen eines mickrigen Euros so ein Theater machten, konnte man sich vorstellen, was wegen einer Million los war.

»So ein großes Töpfchen gibt's wahrscheinlich gar nicht«, überlegte Pekka.

»Wo hast du den eigentlich her?«, fragte Hanna und nahm ihm den Lottoschein aus der Hand.

»Gefunden«, sagte Pekka. »Im Mülleimer auf dem Schulhof.«

»Und was hast du dort gesucht?«, wollte Tiina wissen.

»Den Einkaufszettel und den Zehn-Euro-Schein, die mir meine Mutter heute Morgen mitgegeben hat«, sagte Pekka.

»Und wieso hast du ausgerechnet in dem Mülleimer danach gesucht?«, fragte Mika.

»Weil ich da vorher *noch nicht* gesucht hatte«, sagte Pekka.

Wir fanden, das hörte sich logisch an.

»Sehr gut«, sagte Hanna und gab Pekka den Schein zurück. »Wenn nämlich jemand den Schein in den Mülleimer geschmissen hat, dann gehört er auch niemandem mehr.«

»Außer uns«, sagte ich.

Und damit war es beschlossen: Der Schein gehörte uns und der Gewinn logischerweise auch. Blieb nur noch das Problem, dass wir zu jung waren, um das Geld abzuholen.

»Soll das heißen, dass wir warten müssen, bis wir erwachsen sind?«, fragte Tiina.

»Das wäre ja schrecklich lang«, sagte Hanna.

»Und ich *will* überhaupt nicht erwachsen werden«, motzte der Rambo.

»Das ist unfair«, schniefte Mika. »Dann krieg ich das Geld nämlich nie!«

»Wieso das denn?«, wunderte ich mich.

»Weil meine Mutter immer schimpft, dass Männer *nie* erwachsen werden«, schluchzte Mika.

Wir Mädchen nickten, weil wir fanden, dass da was dran war, aber die Jungen waren entsetzt. Ich schlug vor, dass ja wir Mädchen erwachsen werden und das Geld abholen könnten und den Jungs dann Taschengeld geben, aber das passte ihnen auch nicht. Zum Schluss waren wir uns einig, dass wir weiter überlegen mussten. Wir brauchten einen Plan, wie wir früher an das Geld kamen. Aber erst mussten wir der Lehrerfamilie gratulieren gehen.

Das Krankenhaus war blitzblank und sauber. Es war aber auch riesengroß. Auf den Boden waren farbige Linien und Pfeile gemalt, denen man anscheinend folgen sollte. Wir wussten nur leider nicht, welchen.

»Am Ende der roten Linie wird's wahrscheinlich blutig«, vermutete Hanna.

»Und am Ende der blauen blaublütig«, vermutete ich.

»Am Ende der grünen wird's wahrscheinlich schleimig«, vermutete Tiina.

»Und am Ende der braunen?«, fragte Pekka, aber dazu fiel niemandem was ein.

Am Ende fragten wir eine Tante in einem Glaskasten.

»Seid ihr verwandt?«, fragte sie, als wir ihr erzählten, was wir wollten.

Wir nickten. Natürlich waren wir mit allen möglichen Leuten verwandt. Ich zum Beispiel mit meinem Vater und meiner Mutter.

Die Tante im Glaskasten riet uns dann, der blauen Linie zu folgen, die führe zur Entbindungsstation. Ich wunderte mich ein bisschen, dass das Kind des Lehrers und seiner Frau blaublütig sein sollte, aber ich sagte nichts.

Wir waren alle glücklich, dass wir bald das neue Lehrerbaby sehen sollten, aber am glücklichsten war Mika, weil seine Rose immer noch nicht abgeknickt war.

Wir fuhren mit dem Fahrstuhl in den fünften Stock. Als wir ausstiegen, sahen wir schon den Lehrer, der auf einem Sofa im Flur saß und Zeitung las. Er bemerkte uns erst, als wir direkt vor ihm standen und ihm unsere Rosen überreichten. Das heißt, Mika überreichte ihm heulend nur einen Rosenstiel, weil er als Letzter aus dem Fahrstuhl gestiegen war und ihm die Tür die Blüte abgeknipst hatte

»Herzlichen Glückwunsch!«, sagte Hanna und überreichte dem Lehrer auch die schöne Karte.

»Danke«, sagte der Lehrer, aber erst nachdem er die Blumen und die Karte auf dem Sofa abgelegt und sich den Puls gemessen hatte. Er sah echt müde aus. Wahrscheinlich hatte die Direktorin recht: Kinder zu bekommen war kein Pappenstiel.

Dann kam die Frau des Lehrers mit einem Kinderbettchen auf Rollen, und sie sah richtig froh und munter aus.

»Das ist aber lieb, dass ihr gekommen seid!«, bedankte sie sich bei uns.

»Pass auf, dass du sie nicht unnötig aufregst!«, flüsterte der Lehrer ihr zu.

Aber uns brauchte niemand mehr aufzuregen. Wir waren schon aufgeregt genug. Das Baby sah so unglaublich neu aus. Es war eindeutig frisch aus der Fabrik gekommen. Sogar das Preisschild war noch dran. 101208 stand darauf. Wir nahmen an, dass Euro gemeint waren. Babys waren ganz schön teuer. Trotzdem fanden wir Mädchen das Lehrerbaby total süß.

Sogar die Jungs guckten ganz verliebt.

»Sehr schön«, sagte Timo.

»So eins wünsche ich mir auch«, sagte Pekka.

»Ich nicht«, schluchzte Mika. »Ich krieg ja sowieso nie was.«

»Ganz nett«, knurrte sogar der Rambo.

»Können wir das Ding mal kurz ausleihen?«, fragte Pekka.

Der Lehrer fiel fast vom Sofa vor Schreck, aber seine Frau wusste, was gemeint war, und erklärte den Jungs, solche rollenden Bettchen seien leider nur für Babys. Die Jungs fanden das natürlich unfair, aber sie konnten trotzdem nichts dagegen machen.

Dann fragte der Lehrer, was es Neues in der Schule gebe, und wir erzählten ihm, dass er sich keine Sorgen zu machen brauche, weil wir ab morgen einen Vertretungslehrer hätten.

»Einen Gärtner?«, wunderte sich der Lehrer, als er hörte, wen die Direktorin eingestellt hatte. »Sie lässt mich von einem *Gärtner* vertreten?«

»Ganz ruhig, Schatz!«, sagte seine Frau. »Versuch einfach, ruhig und tief zu atmen, so wie wir's im Geburtsvorbereitungskurs gelernt haben.«

Sie machte es ihm sogar vor, aber der Lehrer zerknüllte nur seine Zeitung und sprang vom Sofa auf.

»Nur mal angenommen, ein Gärtner würde krank oder bekäme ein Kind – würde man dann *mich* als Vertretung einstellen? Würde man *mich* einen Ingenieur oder Schweißer vertreten lassen? Hundertprozentig nicht! Aber *mich* kann jeder vertreten, bei Lehrern kommt's ja nicht drauf an. Da kann man einstellen, wen man will. Einen Gärtner – warum nicht gleich einen Kleintierpfleger, fragt man sich da.«

Wo er schon von Kleintierpflegern redete, erzählten wir dem Lehrer auch gleich vom Vertretungslehrer der 2 B.

»Wie bitte?«, brüllte er so laut, dass alle Babys auf der Station gleichzeitig zu weinen anfingen.

Von überall her kamen Mütter gerannt, um ihre Babys zu beruhigen, und eine Tante in einem weißen Kittel kam gerannt und beruhigte den Lehrer.

»Die Besuchszeit ist zu Ende«, sagte die Tante zu uns. »Unsere Babys und eure Lehrer brauchen jetzt Ruhe.«

»Ich gehe morgen wieder zur Arbeit«, sagte der Lehrer.

»Nun lass doch, Liebling!«, sagte seine Frau. »Du wirst sehen, es geht auch eine Weile ohne dich.«

»Und *wie*? Mit der Gießkanne und Düngestäbchen?«, fragte der Lehrer.

Wir fanden, dafür, dass er sich so aufregte, war er ganz schön witzig.

»Außerdem brauchen wir das Geld«, fuhr er fort. »Wir brauchen einen neuen Kinderwagen und ein neues Bettchen, bald fängt die Sache mit den schicken Klamotten an, dann kommen das Fahrrad, neue

Schlittschuhe und Rollerblades, das Moped nicht zu vergessen und die Sprachreisen in die ganze Welt ...«

Wir hörten den Lehrer noch reden, als ihn seine Frau längst samt dem Bettchen in ihr Zimmer verfrachtet hatte. Aber als Letztes hörten wir dann sie.

»Eins nach dem andern, Liebling, jetzt machen wir erst mal ein Nickerchen ...«

Der Lehrer und seine Frau taten uns richtig leid. Es war ja vollkommen klar, dass sie das alles nie bezahlen konnten. Die vielen Sachen, die das neue Baby brauchte, waren schon teuer genug, aber da war ja auch noch das teure Baby selbst. So was konnten sich normale Lehrer bestimmt nicht leisten. Und ganz besondere Lehrer wie unserer und seine Frau auch nicht. Für uns stand fest, dass wir ihnen helfen mussten.

Ich möchte einen großen Garten anlegen

Wir waren echt gespannt. Wir saßen brav an unseren Tischen und warteten auf den Vertretungslehrer. Es hatte schon geklingelt, also kam er schon an seinem ersten Tag zu spät. Dann ging die Tür auf, und ein kleiner Mann mit lustigen Augen und einer spiegelblanken Glatze kam ins Klassenzimmer. Er trug eine braune Cordhose und eine Strickweste, aus deren einer Tasche ein Brillenbügel schaute. In der einen Hand hielt er einen Spaten und in der anderen eine Gießkanne. Er trug Holzpantinen, obwohl es draußen schon ganz schön kalt war.

»Guten Morgen allerseits!«, sagte er gut gelaunt.

Wir nickten ernst, aber wir sagten nichts.

»Wie ihr wisst, wird sich eurer Lehrer eine Weile um seinen neuen Sprössling kümmern.«

Wir nickten wieder, aber nicht mehr ganz so ernst. Es sah nämlich ziemlich komisch aus, wie der Vertretungslehrer Timo in der ersten Reihe ein paar Tropfen Wasser aus der Gießkanne auf den Kopf goss.

»Du siehst mir ein bisschen trocken aus«, sagte er dabei.

Wir lachten alle außer Timo. Erst als der Vertretungslehrer sich selbst Wasser auf den Kopf goss, lachte Timo auch.

»Da wächst nichts mehr, egal wie oft ich gieße«, sagte der Vertretungslehrer und verrieb sich das Wasser auf der Glatze.

Als Nächstes nahm er sich dann Mika vor. Er setzte seine Brille auf und betrachtete Mika so genau, dass der gleich mal ein bisschen weinen musste.

»Wo der andere zu trocken ist, bist du mir zu feucht«, sagte der Vertretungslehrer. »Ich denke, wir härten dich nach und nach ein bisschen ab, und dazu verpflanzen wir dich erst mal an einen helleren, trockeneren Platz.«

Er nahm Mika an der Hand und führte ihn zu Hannas Platz neben dem Fenster. Mika freute sich natürlich riesig, dass er hinter Timo und vor Pekka sitzen durfte. Das hatte er sich schon immer gewünscht. Hanna setzte der Vertretungslehrer einfach auf Mikas Platz.

»Du bist schon so kräftig im Wuchs, dass du auch im Schatten gedeihst«, sagte er, und Hanna lächelte stolz. Sowieso hatte sie gegen den Platztausch nichts einzuwenden, weil sie jetzt näher bei Tiina und mir saß.

Wir hatten alle das Gefühl, dass wir mit dem Vertretungslehrer gut auskommen würden.

»Ihr fragt euch wahrscheinlich, warum ein Gärtner, der längst in Rente ist, noch einmal als Lehrer arbeitet«, sagte er, als alle auf ihren richtigen Plätzen saßen. »Die Antwort ist ganz einfach: Ich brauche Geld.«

Er schaute aus dem Fenster und seufzte tief. Dann erzählte er uns, dass er schon immer davon geträumt habe, einmal eine Million Bäume zu pflanzen.

»Wusstet ihr, dass fast ein Zehntel aller Baumarten bedroht und vielleicht bald ganz von der Erde verschwunden sind?«, fragte er uns.

Wir schüttelten die Köpfe.

»Das möchte ich gern verhindern«, sagte er. »Und darum möchte ich einen großen Garten anlegen.«

So ganz verstanden wir nicht, wie er das meinte. Meine Mutter zum Beispiel hat auch einen Garten und pflanzt darin Karotten. Aber dass die Karotten verschwinden, kann sie trotzdem nicht verhindern. Sie werden nämlich jedes Jahr von den Maulwürfen aufgefressen. Als ich mich meldete und es dem Vertretungslehrer erzählte, sagte er:

»Ich meine keinen normalen Garten, sondern eine Art großen Park nur für Bäume. Ihr müsst ihn euch ein bisschen wie einen Tierpark vorstellen, nur dass dort nicht Tiere, sondern Bäume aus der ganzen Welt zu sehen sind, riesengroße und winzig kleine, schöne und grottenhässliche, afrikanische und asiatische – Bäume von überall her. Stellt euch einen Riesengarten voller Bäume vor. Sie sollen dort wachsen und gedeihen, und wenn sie groß genug sind, bringe ich sie dahin, wo sie früher gewachsen und heute leider ausgestorben sind.«

Ich fand, das war eine schöne Idee, und sah den Riesengarten mit den vielen Bäumen schon vor mir. Es gab darin kleine Lichtungen und schattige Wege, und überall hörte man es rascheln und summen. Es gab Bäume mit Nadeln und mit Blättern, am Rand der Lichtungen sangen die Vögel, und über die verschlungenen Wege huschten Eichhörnchen und Hasen.

»Wie viel Geld braucht man für so einen Garten?«, fragte Hanna, die von uns allen die Praktischste ist.

»Eine Million wäre schon mal ein Anfang«, sagte der Vertretungslehrer und hörte sich dabei ein bisschen traurig an.

»Und wie viel haben Sie schon zusammen?«, fragte Timo, der von uns allen auch am besten rechnen kann.

Der Vertretungslehrer stellte die Gießkanne auf den Lehrertisch und kramte in seinen Taschen.

»Genau sechs Euro«, zählte er uns vor.

Das freute uns für ihn, weil er jetzt nur noch neunhundertneunundneunzigtausendneunhundertvierundneunzig Euro brauchte, dann konnte er sich seinen großen Traum erfüllen. Wir wussten nicht genau, was ein Vertretungslehrer verdiente, aber wenn er eine Klasse wie unsere unterrichtete, war es bestimmt eine ganze Menge.

Für den Rest des Schultags bastelten wir dann Bäume, was erst nicht ganz einfach war, weil durch die vielen Basteleien der letzten Zeit kaum noch Bastelsachen da waren. Vor allem fehlte Kleber. Der Vertretungslehrer ging in der großen Pause ins Bastelgeschäft und kaufte welchen, mit dem wir das bisschen Seidenpapier, das vom Rosenbasteln noch übrig war, an die letzten Pfeifenreiniger aus dem Raum für Bastelsachen klebten. Die Bäume wurden schön, aber die Bastelsachen waren endgültig alle. Und die Ersparnisse des Vertretungslehrers auch.

Wir geben es den Müttern

Wir saßen an unserem neuen Versammlungsort, einem alten VW-Bus, der gleichzeitig ein Öko-Formel-1-Rennauto war. Den Bus hatten wir mal für vier Euro zwanzig und einen alten Kronkorken gekauft und dann damit ein Rennen gegen einen Mini-Formel-1-Flitzer gewonnen. Mit dem Sieg hatten wir unsere Schule und das Haus des Lehrers gerettet*, und zum Dank hatte der Lehrer den Bus ganz hinten auf seinen Hof geschleppt, und wir durften ihn als Versammlungsort benutzen.

Schade war nur, dass wir von da aus nicht mehr ins Haus des Lehrers schauen konnten. Von unserem alten Versammlungsort, einem hohen Felsen weiter vorne auf dem Grundstück des Lehrers, hatten wir das nämlich gekonnt. Andererseits waren die Sitze im Bus gemütlicher als der harte Felsen, darum beklagten wir uns nicht wirklich über den Umzug. Auch der Lehrer hatte sich noch nicht beklagt. Er zog nur öfter die Vorhänge auf, die er früher meistens zugezogen hatte, wenn wir da waren.

* Wie das alles genau war, kann man in »Ella und das große Rennen« nachlesen.

Kalt war unser neuer Versammlungsort allerdings auch. Das kam daher, dass dem Bus ein paar Fenster fehlten. Ich schaute den weißen Wolken nach, die ich beim Atmen ausstieß, und sah, dass draußen die ersten Schneeflocken vom Himmel schwebten. Wenn es so weiterging, konnte es die weiße Weihnacht geben, die ich mir so sehr wünschte.

Das Haus der Lehrerfamilie sah einsam und verlassen aus. Die drei im Krankenhaus waren noch nicht zurück, und da wir das erste Kind der Lehrer und ihre beiden Hunde dort nicht gesehen hatten, vermuteten wir, dass die irgendwo bei Verwandten oder Freunden untergebracht waren.

»Wir müssen entscheiden, was wir mit der Million machen«, eröffnete Timo unsere Sitzung.

»Wir geben sie der Schule, damit die Direktorin mehr Seidenpapier und Kleber kaufen und genug Vertretungslehrer einstellen kann«, schlug Tiina vor, die später mal Lehrerin werden will.

»Wir geben sie dem Lehrer und seiner Familie, damit sie das neue Baby und die vielen Sachen bezahlen können, die sie noch brauchen«, war mein Vorschlag.

»Wir geben sie dem Vertretungslehrer, damit er seinen Riesengarten anlegen und die vielen aussterbenden Bäume retten kann«, schlug Hanna vor, die ein Herz für Pflanzen und Tiere hat.

»Wir geben sie den Müttern, damit sie uns gesundes Essen und warme Kleider kaufen können«, war ein Vorschlag, der nur von Mika kommen konnte.

»Wir geben sie den Vätern, damit sie uns auch gesundes Essen und warme Kleider kaufen können, obwohl sie lieber ein neues Auto anschaffen würden«, sagte Pekka, was für seine Verhältnisse ein erstaunlich logischer Vorschlag war.

»Wir geben die Million überhaupt niemandem. Höchstens hau ich jedem eine auf die Lostrommel, der verlangt, dass wir sie ihm geben sollen«, drohte der Rambo.

Jeder hatte eine andere Idee, aber wenigstens wussten wir jetzt, wie schwierig solche Geldangelegenheiten waren. Kein Wunder, dass sich die Erwachsenen so oft darüber stritten. Wir versuchten es noch eine ganze Weile, aber wir konnten uns einfach nicht einigen.

»Na schön«, stöhnte Timo irgendwann. »Dann teilen wir das Geld auf, und jeder macht mit seinem Anteil, was er will.«

»Weiß jemand, wie man eine Million durch sieben teilt?«, fragte Hanna ängstlich.

»Das wird schwierig«, sagte ich. »Teilen können wir ja erst bis tausend.«

»So große Zahlen Teilen kriegen wir erst in der Dritten«, wusste Tiina.

Wir steckten ganz klar in einer Sackgasse. Nicht mal Timo konnte eine Million durch sieben teilen. Er vermutete, dass jeder mindestens zehn Euro bekommen müsste, wahrscheinlich sogar mehr, und wir fanden alle, das hörte sich nach ganz schön viel an.

»Aber Vorsicht!«, sagte Timo. »Man soll das Fell des Bären nicht vor dem Abend loben.«

Niemand verstand, was er damit meinte, aber wir fanden alle, es hörte sich unglaublich tiefsinnig an. Timo kann wahrscheinlich genauso tief denken wie der berühmte Dalai Lama, der mit dem Esel I-Ah und dem Paddington-Bär auf einem hohen Berg wohnt. Oder vielleicht bring ich da auch was durcheinander.

»Und den Spatz auf dem Dach soll man auch erst verteilen, wenn das Fass am Überlaufen ist«, fügte Timo hinzu.

Wir fanden, das hörte sich vernünftig an, und nickten.

»Mit anderen Worten«, sagte Timo, und wir spitzten die Ohren, »wir brauchen erst einen Plan, wie wir überhaupt an die Million drankommen, bevor wir uns darüber streiten, was wir damit machen.«

Er hatte natürlich mal wieder recht. Wir anderen hatten glatt vergessen, dass wir als Minderjährige gar keine Chance hatten, die Million bei der Lottogesellschaft abzuholen. Dumm, dass man als Kind nicht schneller erwachsen wird! Wenn ich was zu bestimmen hätte, wären Kinder erwachsen, sobald sie in die Schule kommen. Dann dürften sie über die wichtigen Sachen von Anfang an selbst entscheiden, zum Beispiel darüber, ob sie wirklich die schrecklich juckende orangene Wollmütze aufsetzen müssen, wenn die Patentante letzten Sommer so ein schönes neues Käppi aus Amerika geschickt hat.

»Und wenn wir uns einfach verkleiden wie sonst auch immer, wenn's ein Problem zu lösen gibt?«, fragte Hanna.

Das wäre normalerweise eine gute Idee gewesen, aber nicht jetzt, wo wir die letzte Watte für die Vertretungslehrerbärte aufgebraucht hatten.

»*Ich* könnte doch hingehen und das Geld holen«, sagte Mika plötzlich.

»*Du?*«, fragten wir überrascht.

»Na ja, weil ich doch schon verkleidet *bin*«, sagte er. »Eigentlich bin ich ja Batman, aber jetzt gerade hab ich meine ganz normalen Kleider an. Also bin ich verkleidet, versteht ihr?«

Wir fanden, das klang irgendwie logisch, aber was, wenn es trotzdem nicht funktionierte? Wenn sie bei der Lottogesellschaft einen ganz normalen Zweitklässler ohne Batman-Maske trotzdem nicht für erwachsen hielten?

»Ich hab's ...«, sagte Timo. »Vielleicht ist das mit dem Verkleiden doch keine so schlechte Idee. Wir müssen es nur komplett anders machen als sonst.«

»Du meinst, wir sollten uns nicht als erwachsene Onkel mit Bärten verkleiden?«, fragte Hanna.

»Als was denn sonst?«, fragte Tiina. »Vielleicht als kleine nackige Babys?«

»Natürlich nicht«, sagte Timo, während wir anderen Pekka festhielten, der sich schon die Hose runtergezogen hatte. Er trägt meistens Unterhosen mit Raketen drauf, aber diesmal waren es Autos. »Babys geben sie das Geld doch erst recht nicht«, erklärte uns Timo. »Statt als bärtige Onkel verkleiden wir uns natürlich als Tanten.«

Für einen Moment konnte keiner von uns was sagen. Dann überlegten wir uns, dass Timo wahrscheinlich recht hatte. Bestimmt kam niemand auf die Idee, dass sieben erwachsene Tanten in Wirklichkeit Kinder sein könnten.

Damit war es abgemacht. Alle waren einverstanden und nickten, nur Mika nicht, der wieder mal weinen musste.

»Niemals zieht Batman einen Rock an«, schniefte er. »Niemals!«

Dann gingen alle nach Hause, um sich zu verkleiden, nur ich blieb noch ein Weilchen, um den Bus aufzuräumen. Ich sammelte alles auf, was auf den Boden gefallen war, und klopfte die Sitze sauber. Ich mag es, wenn an unserem Versammlungsort alles schön ordentlich ist.

Seid ihr die Kinder?

Ich trug einen roten Rock, ordentlich Lippenstift und eine Handtasche.

Hanna trug ein blaues Kleid und genauso viel Lippenstift. Außerdem hatte sie den Laptop ihrer Mutter mitgebracht. Sie hatte sich überlegt, dass sie so einen erwachseneren Eindruck machte, und vielleicht war der Laptop auch nützlich, wenn wir hinterher die Million durch sieben teilen wollten.

Tiina trug nicht ganz so viel Lippenstift, aber dafür hatte sie mehr Puder aufgelegt. Ihr Rock war gelb mit puderfarbigen Punkten.

Timos Rock war braun. Der Rock gehörte seiner Mutter, und den türkisfarbenen Lidschatten um die Augen hatte er sich auch von ihr geborgt. Ich musste ein bisschen lachen, weil er wie einer der Waschbären aussah, die wir im Sommer im Zoo gesehen hatten.

Der Rambo hatte sich geweigert, einen Rock anzuziehen. Dafür hatte er sich extra für die Lottoleute ein blaues Schleifchen um einen seiner Boxhandschuhe gebunden. Er sagte, er finde das Schleifchen ätzend, aber für eine Million sei er bereit, ein Opfer zu bringen. Ich sagte nichts dazu, aber im Stillen dachte ich, dass Geld doch wahre Wunder bewirken kann.

Mika behauptete steif und fest, er hätte sich die Lippen und Augen und alles geschminkt, nur leider konnte man das unter seiner Batman-Maske nicht sehen.

Pekkas geschminkte Lippen konnte man dafür schon von Weitem sehen. Überhaupt gab es bei ihm am meisten zu sehen. Er trug einen Bikini, einen Blumenhut mit Schleife und Stöckelschuhe, alles von seiner Mutter. Dazu hatte er seine riesige Eishockeytasche mitgebracht für das viele Geld. Pekka sah klasse aus. Er hatte nur Gänsehaut, weil es zwar nicht mehr schneite, aber unangenehm zu nieseln angefangen hatte. Zum Glück war der Weg zu Lottogesellschaft nicht weit.

In der großen Eingangshalle saß dann ein schnurrbärtiger Onkel hinter einer hohen Theke, und wir sahen gleich, dass er sehr beschäftigt war. Er stutzte sich nämlich mit einer kleinen Schere den Bart.

Er schaute in einen kleinen Spiegel und nahm es mit dem Stutzen so genau, dass er die sechs erwachsenen Tanten und Batman, die an ihm vorbei in den offenen Fahrstuhl marschierten, gar nicht bemerkte.

»In den wievielten Stock fahren wir?«, fragte ich, als ich die vielen Fahrstuhlknöpfe sah.

»So hoch wie möglich«, entschied Timo.

Wir fuhren in den achten Stock, weil das der Knopf war, den wir gerade noch erreichten.

Als die Tür des Fahrstuhls aufging, schauten wir wieder in eine große Halle. Diesmal war sie voller Spielautomaten, aber niemand spielte daran. Es sah sogar aus, als wären sie kaputt und müssten repariert werden, denn überall wuselten Männer und Frauen in weißen Arbeitskitteln herum und machten sich mit allen möglichen Werkzeugen an den Automaten zu schaffen. Sie waren so in ihre Arbeit vertieft, dass sie die sechs

Tanten mit Batman genauso wenig bemerkten wie unten der Schnurrbartstutzer. Ich fand das seltsam und sogar ein bisschen unhöflich. Ich hatte immer gedacht, wenn Lottogewinner ihre Million abholen, wird ihnen ein roter Teppich ausgerollt, und es gibt Kaffee und Kuchen, aber davon konnte keine Rede sein.

Dann sahen wir hinter einer gläsernen Wand zwei solche Weißkittelonkel an einem besonders funkelnden Spielautomaten herumschrauben und beschlossen, mit den beiden zu reden.

»Da seid ihr ja endlich«, sagte einer der beiden, als wir durch die gläserne Tür traten. Aber dabei schaute er nicht mal zu uns her.

»Gerade noch rechtzeitig für die Testrunde«, brummte der andere und legte seinen Schraubenzieher weg.

Dann sah er uns.

Er rieb sich die Augen und zupfte den anderen Onkel am Kittel. »Schaust du bitte mal?«

Der andere drehte sich um und zuckte zusammen, als hätte er ein Gespenst gesehen.

Wir lächelten, so erwachsen wir konnten, und ich fand, wir sahen auch richtig erwachsen aus. Timos Lidschatten hatte sich im Nieselregen übers ganze Gesicht verteilt, und Tiina rann der nasse Puder über die Wangen. Pekka hing die Schleife von seinem Blumenhut klatschnass in die Augen, und überhaupt sah der ganze Hut aus wie ein Tintenschöpfling, aus dem Gänseblümchen wuchsen.

»Schöne weiße Kittel, die ihr da tragt«, sagte Hanna wie die Erwachsenen, wenn sie eine Unterhaltung anfangen wollen.

»Habt ihr die Zähne auch so schön weiß geputzt?«, fragte Tiina mütterlich.

»Und wascht ihr euch vor dem Essen auch die Pfoten, wenn ihr die Drecksautomaten angefasst habt?«, fragte Timo väterlich.

»Was ist das eigentlich für eine Maschine, an der ihr herumschraubt?«, fragte Pekka, wie er immer fragt.

Die zwei Onkel hatten die ganze Zeit nichts gesagt, aber jetzt kamen sie langsam wieder zu sich. Sie schauten einander an, dann fragte der erste:

»Seid ihr die Kinder?«

»Ja«, sagt Pekka.

»Nein«, sagten wir anderen.

»Dann nicht«, sagte Pekka.

»Wir sind sechs ganz normale Tanten und eine Batman-Tante«, sagte ich.

»Und wir sind erwachsen«, sagte Hanna.

»Total«, sagte Pekka.

Die Onkel schauten einander wieder an, dann seufzte der eine: »Ich frage mich, was sie denen heutzutage in der Schulkantine zu essen geben.«

»Wo hast du sie noch mal bestellt?«, fragte der andere.

»Bei der Schule gleich gegenüber.«

»In meiner Schulzeit trugen die Jungs noch Hosen.«

»Und die Mädchen hatten Zöpfe und ein Poesiealbum.«

»Die Kindheit wird auch immer kürzer.«

»Wie die Wochenenden.«

Dann seufzten die Onkel wieder und erklärten uns den neuen Spielautomaten, den sie gerade bauten. Das war es nämlich, woran sie herumschraubten: ein neuer Spielautomat, der genauso aussah wie die, die wir aus Gaststätten und von Supermärkten* kannten, nur hatte er außer blinkenden Lichtern noch ein Fenster, hinter dem echtes Obst auf einer Drehscheibe lag.

* In Finnland gibt es tatsächlich Spielautomaten in Supermärkten. Sie stehen dort im Eingangsbereich, und natürlich dürfen nur Erwachsene daran spielen.

»Hier bei der staatlichen Lottogesellschaft beschäftigen wir uns nämlich auch mit der Entwicklung von Spielautomaten. Der Staat muss schließlich sehen, wie er an das Geld seiner Bürger kommt«, erklärte uns der eine Onkel.

»Und das ist unsere neueste Entwicklung«, erklärte uns der andere. »Ein Spielautomat, an dem man Obst gewinnt.«

»Man steckt das Geld da in den Schlitz, und als Gewinn wird Obst ausgeworfen«, erklärte der eine Onkel. »Es ist ein Spielautomat, an dem ausnahmsweise auch Kinder spielen dürfen.«

Wir waren ganz ehrlich ein bisschen verwirrt. Was hatte es denn für einen Sinn, wenn man an Spielautomaten etwas gewann, womit einen die Eltern und die Schulköchin sowieso dauernd nervten?

»Wer möchte anfangen?«, fragte der andere Onkel und holte ein Zwanzig-Cent-Stück aus der Hosentasche.

Aber niemand hatte Lust. Wir waren wegen der Million gekommen, nicht um eine Banane oder eine Kiwi zu gewinnen.

»Wir hätten lieber Bares«, sagte Timo.

»Genauer gesagt, eine Million«, sagte Hanna.

»Da rein, und zwar dalli!«, sagte Pekka und zeigte auf seine Eishockeytasche, die er an der Tür abgestellt hatte.

»Geld, Geld, Geld!«, schimpfte der eine Spielautomatenonkel. »Ich hab den Bossen gleich gesagt, dass die Kinder von heute an nichts anderes mehr denken!«

»Ich wusste von Anfang an, dass sie sich nicht für Obst interessieren!«, schimpfte der andere.

Aber dann griff Pekka ein.

»Ich mach's«, sagte er. »Ich hab einen solchen Hunger, da ess ich sogar Obst.«

Er nahm das Zwanzig-Cent-Stück von dem Onkel und steckte es in den Schlitz rechts oben an dem Obstspielautomat.

Danach war erst ein leises Rattern zu hören, dann knallte und quietschte es. Gleich darauf bewegte sich das Obst auf der Drehscheibe, und wieder etwas später ploppte etwas unten aus einer Luke und klatschte Mika an die Stirn, dass ihm die Batman-Maske über den Kopf in den Nacken rutschte. Trotzdem war es ein Glück, dass Pekka nur einen weichen Pfirsich gewonnen hatte und nicht zum Beispiel einen Apfel oder eine Kokosnuss.

Dann sahen wir Mikas Gesicht und fielen fast um vor Schreck. Er hatte sich wirklich die Lippen und Augen und alles geschminkt. Und wie! Richtig unheimlich sah er aus. Wie Joker, der Bösewicht, gegen den Batman immer kämpft. Wenn es überhaupt Mika war. Vielleicht hatte sich ja auch der echte Joker unter Mikas

Batman-Maske geschlichen und wollte uns unsere Million abluchsen.

»Ich weiß gar nicht, was ihr habt«, hörten wir Mika schniefen, während er sich seine Maske wieder vors Gesicht zog. »Batman wäre doch gekommen und hätte dem bösen Joker das Geld wieder abgejagt.«

»Den Auswurf müssen wir noch verbessern«, sagte einer der Onkel und bückte sich, um unten in die Luke hineinzuschauen. Genau da gab es wieder einen Knall, und ein neuer Gewinn kam herausgeschossen. Diesmal war es eine Mandarine, und sie klatschte nicht Mika, sondern dem Onkel gegen die Stirn. Der Automat ratterte und quietschte aber trotzdem weiter.

»Geht in Deckung!«, rief der andere Onkel. »Das hört sich an wie der Jackpot*!«

Wir waren echt ein bisschen neidisch, dass Pekka schon gleich beim ersten Mal Spielen so eine Glückssträhne hatte. Wir hatten uns gerade weggeduckt, da legte der Automat auch schon los. Bananen, Orangen, Kiwis, Äpfel und wer weiß was alles flogen durch die Luft. Sie klatschten gegen die gläsernen Wände, und ein paar flogen auch durch die offene Tür in die Halle, in der die vielen anderen Weißkittel um ihr Leben rannten.

* Falls es jemand nicht weiß: So nennt man einen Superhauptgewinn.

Der Automat gab erst Ruhe, als kein Obst mehr auf der Drehscheibe lag.

»Kann ich noch ein Zwanzig-Cent-Stück haben?«, fragte Pekka.

Aber die Onkel behaupteten, ihr Geld wäre leider alle. Wir wussten gar nicht, was wir dazu sagen sollten. Wir wussten nur, dass es dann auch keinen Zweck hatte, sie nach der Million zu fragen. Außerdem hatten wir dazu gar keine Zeit mehr, weil die Onkel nämlich den Schnurrbartstutzer aus der Eingangshalle anriefen, der uns hinausbegleiten sollte, wie sie sagten.

Aber auch ohne die Million verließen wir das Haus der Lottogesellschaft nicht mit leeren Händen: Während wir anderen uns wegduckten, hatte Pekka Bananen eingesammelt und in seine Eishockeytasche gestopft.

»Eine Banane ist vielleicht die erste von einer Million«, sagte Timo.

Man merkt es einfach, wenn so ein Pflänzchen ordentlich gedüngt wird

Wir standen wieder am Anfang, und es war sonnenklar, dass wir nur über einen Erwachsenen an unsere Million kommen würden – einen *richtigen* Erwachsenen. Falsche Bärte und Blumenhüte nützten in dem Fall nichts. Unser Problem war nur, dass wir immer noch nicht wussten, an wen wir uns in der Sache wenden sollten.

Unsere Eltern würden sich nur unnötig aufregen.

Der Lehrer regte sich sowieso schon unnötig auf.

Und die Frau des Lehrers hatte mit zwei Schreihälsen genug um die Ohren.

»Bleibt nur der Vertretungslehrer«, stellte Timo fest.

»Aber den kennen wir doch kaum«, sagte Hanna.

»Außerdem hat er eine Glatze«, sagte ich.

»Na und?«, sagte Timo.

»Im Film sind die mit Glatze meistens zwielichtige Gestalten«, sagte ich.

»Nicht alles, was glänzt, ist eine Glatze«, sagte Timo tiefsinnig. »Und wer andern eine Glatze kämmt, ist nicht automatisch selbst ein Schwein.«

Wir wussten mal wieder nicht genau, was er meinte, aber wahrscheinlich hatte er recht: Der alte Gärtner war ein freundlicher Mensch, und erwachsen war er in jedem Fall. Außerdem hatten wir gar keine andere Wahl.

Gleich nach der kleinen Sitzung, in der wir uns für den Vertretungslehrer entschieden, hatten wir Rechnen. Der Vertretungslehrer malte einen Baum an die Tafel, und erst sollten wir die Blätter zählen. Dann fragte der Vertretungslehrer:

»Wenn jetzt ein Rostpilz die Hälfte der Blätter befällt – wie viele gesunde Blätter bleiben dann übrig?«

»Die Hälfte«, wusste Pekka.

»Richtig«, sagte der Vertretungslehrer. »Man merkt es einfach, wenn so ein Pflänzchen ordentlich gedüngt wird.«

Ehrlich gesagt, wunderten wir uns alle ein bisschen, dass Pekka auf einmal so gut im Rechnen war. Aber vielleicht kam es daher, dass er sich mit Bäumen sowieso gut auskennt.

Nach der Stunde versammelten wir uns dann um den Lehrertisch.

»Na?«, sagte der Vertretungslehrer. »Was gibt's? Ihr seht ja aus wie drei Tage nicht gegossen.«

»Wir haben ein Problem«, sagte Hanna.

»Ist es ein kleines oder ein großes Problem?«, fragte der Vertretungslehrer.

»Ein Millionenproblem«, stellte Timo klar.

Und dann erklärte Tiina, was passiert war:

»Erst wollten wir dem Lehrer nur die Glückwunschkarte ins Krankenhaus bringen, aber dann musste Mika mal, und wir haben in dem Blumenladen gefragt, und die Tante im Laden hatte unglaublich viel Blumen, aber wir hatten leider kein Geld, und da war die Tante ganz lieb und hat uns Blumen für den Lehrer geschenkt, obwohl sie ein bisschen traurig war, weil sie solche Schulden hat, dass sie den Blumenladen vielleicht verkaufen muss. Aber das Lehrerbaby war dann richtig schön und unglaublich süß, mit so klitzekleinen Händen und einem Preisschild am Arm, und es hat genauso ausgesehen wie der Lehrer.«

»Du hast die Million vergessen«, sagte Timo, der es natürlich gemerkt hatte.

»Ach so, ja«, sagte Tiina. »Und außerdem haben wir eine Million gewonnen.«

»Aha«, sagte der Vertretungslehrer, aber wir hatten das Gefühl, dass er noch nicht alles verstanden hatte. Also erklärte Hanna ihm die Sache noch mal:

»Pekka hatte seinen Einkaufszettel verloren und den Zehn-Euro-Schein, den ihm seine Mutter zum Einkaufen gegeben hatte, gleich mit. Er hat dann überall gesucht, aber den Zettel und den Zehn-Euro-Schein nicht gefunden. Oder jedenfalls den Zehn-Euro-Schein nicht. Den Zettel hat er nämlich gefunden, im Mülleimer auf dem Schulhof, jedenfalls dachte er, er hätte ihn gefunden. Aber dann war er's gar nicht, und wie wir Geld für die Blumen sammeln wollten, hat Pekka ihn wiedergefunden, also nicht den Zehn-Euro-Schein, der immer noch verschwunden ist, sondern den anderen, der aber nicht der Einkaufszettel war, sondern ein Lottoschein. Und der Zeitschriftenonkel hat dann gesagt, dass wir erwachsen sein müssen, aber so lange können wir nicht warten, vor allem weil Jungs angeblich überhaupt nie erwachsen werden. Also haben wir uns verkleidet und sind zur Lottogesellschaft gegangen, aber der blöde Automat hat nur eine Eishockeytasche voll Bananen ausgespuckt.«

»Du hast auch die Million vergessen«, sagte Timo, der es wieder gemerkt hatte.

»Ach so, ja«, sagte Hanna. »Und außerdem haben wir eine Million gewonnen.«

»Aha«, sagte der Vertretungslehrer. Aber er sah immer noch nicht aus, als ob er alles verstanden hätte.

Als Nächstes erklärten ihm Mika, der Rambo und Pekka die Sache gleichzeitig. Es hörte sich ungefähr so an, wie wenn sich ein Rudel Kojoten um denselben Knochen streitet.

»Ihr wollt also, dass ich für euch einen Lottoschein abgebe?«, fragte der Vertretungslehrer, als die drei fertig waren.

Wir hatten alle das Gefühl, dass wir es noch längst nicht geschafft hatten.

»Wir müssen es mit Sprichwörtern versuchen«, sagte Timo. »Wenn Erwachsene schwierige Sachen erklären, verwenden sie auch Sprichwörter.«

Und dann versuchte er es.

»Der Ehrliche ist der Krumme, und die dümmsten Bauern haben die schicksten Pantoffeln«, sagte er.

Aber der Vertretungslehrer schien immer noch nicht zu begreifen. Im Gegenteil: Er runzelte die Stirn, dass sie aussah wie ein frisch gepflügtes Feld.

»Es hat keinen Zweck«, sagte Hanna. »Los, Pekka, zeig ihm das Ding!«

»Was für ein Ding?«, fragte Pekka.

»Den Schein, Mann!«, sagte Timo.

Da kramte Pekka in seinen Hosentaschen, erst in der einen, dann in der anderen und dann noch mal von vorn.

»Ich kann ihn nicht finden«, sagte er.

Die Verdächtigen

Nach der Schule gingen wir zu Pekka, und er suchte sein ganzes Zimmer ab.

Für ein Jungenzimmer war das Zimmer überraschend ordentlich. Dafür, dass der Junge Pekka war, war es sogar *sehr* ordentlich. Bei Pekka ist man eben nie vor Überraschungen sicher. Bestimmt wird er mal ein Mann voller Rätsel, wie es in den alten Schwarz-Weiß-Filmen immer heißt.

»Hier ist er wieder nicht«, stöhnte er, nachdem er zum dritten Mal seinen Papierkorb ausgeleert hatte.

»Vielleicht hat ihn deine Mutter gefunden«, sagte Tiina.

»Glaub ich nicht«, sagte Pekka. »Erst gestern hat sie wieder geschimpft, dass wir zu wenig Geld haben und mein Vater nicht schon wieder eine neue Angel zu kaufen braucht, wo sowieso schon fünfzehn unbenutzt im Schuppen hängen.«

Wahrscheinlich hatte er recht. Wenn seine Mutter den Lottoschein gefunden hätte, hätte sie sich bestimmt nicht wegen einer popeligen Angel aufgeregt.

»Vielleicht hat deine Mutter deine Hose gewaschen

und den Kram aus deinen Taschen weggeschmissen«, sagte Hanna.

Das klang logisch, nur sah Pekkas Hose leider überhaupt nicht aus, als wäre sie in letzter Zeit gewaschen worden. An einem Knie sah sie rötlich aus und am anderen grasgrün. Wir hatten Dezember, also musste die letzte Wäsche eine ganze Weile her sein.

»Wo hast du ihn zuletzt gesehen?«, versuchte es Tiina so wie die Polizisten im Fernsehen.

»In der Hand, mit der ich ihn in die Tasche gesteckt habe«, sagte Pekka.

Daran konnten auch wir anderen uns noch gut erinnern. Im Zeitschriftenladen war das gewesen.

Dann versuchten wir uns zu erinnern, wo wir danach alles gewesen waren: im Krankenhaus ... im Versammlungsbus hinten auf dem Hof des Lehrers ... bei der Lottogesellschaft ... in der Schule ...

»Ich glaube, wir sind auf der komplett falschen Spur«, sagte Timo nachdenklich.

Wir anderen schauten einander verwundert an, weil wir zum ersten Mal hörten, dass wir überhaupt auf einer Spur waren.

»Wir müssen systematisch vorgehen«, sagte Timo, der die verrücktesten Wörter kennt. »Wer nicht systematisch vorgeht, läuft Gefahr, die Heunadel im Steckhaufen zu suchen.«

Wir nickten, weil wir das natürlich nicht wollten, schon weil wir gar nicht wussten, wie eine Heunadel aussah.

»Statt über Orte sollten wir lieber über mögliche Verdächtige nachdenken«, fuhr Timo mit düsterer Miene fort.

Mir fiel die Kinnlade herunter. Verdächtige – das hörte sich ja schrecklich an. Und schrecklich erwachsen.

»Erst haben wir den Schein der Blumentante gezeigt«, erinnerte sich Hanna.

»Der Zeitschriftenonkel hat uns das mit dem Gewinn erklärt«, erinnerte sich Tiina.

»Die zwei Onkel von der Lottogesellschaft haben vielleicht erraten, warum wir *wirklich* dort vorbeigekommen sind«, sagte ich.

»Und wir haben alles dem Vertretungslehrer erzählt«, sagt Timo düster.

»Aber da war der Schein schon verschwunden«, sagte ich.

»Stimmt«, sagte Timo. »Aber er kann den Schein auch schon vorher gestohlen und hinterher nur so getan haben, als wüsste er von nichts. Vergesst nicht, dass er die Million für seinen Riesengarten gut gebrauchen könnte.«

»Aber wie konnte er einen Lottoschein stehlen, von

dem er nicht mal wusste, dass es ihn gibt?«, wunderte sich Hanna.

»Diebe sind schlau«, erklärte Timo »Aber er soll sich nicht zu früh freuen: Wer anderen ins Fäustchen lacht, fällt selbst hinein.«

Das fanden wir anderen auch. Nur warum es ausgerechnet der Vertretungslehrer gewesen sein sollte, war uns noch nicht klar.

»Vielleicht war es doch der Lehrer«, sagte Mika. »Ich meine, unser richtiger. Ihr habt ja gesehen, wie viel das Baby gekostet hat.«

Wir kriegten einen solchen Schreck, dass sich eine ganze Weile niemand mehr was zu sagen traute. Es war aufregend, über schlaue Diebe nachzudenken, aber dass unser Lehrer einer sein sollte, war eine fürchterliche Vorstellung. Natürlich erinnerten wir uns alle noch, wie teuer das Baby gewesen war. Und die vielen Sachen, die der Lehrer aufgezählt hatte, waren bestimmt auch nicht billig, also das Moped und die Sprachreisen und alles. Logisch brauchte der Lehrer Geld – und deshalb gehörte er ganz klar zu den Verdächtigen. Wenn er nicht sogar der Hauptverdächtige war.

»Die Blumentante, der Zeitschriftenonkel, die Lottoonkel, der Vertretungslehrer, der Lehrer, seine Frau – die Liste der Verdächtigen ist lang, und es gibt viel zu tun«, stellte Timo fest. »Da heißt es, Ärmel hochkrempeln und an die Arbeit!«

Das fanden wir anderen auch, und darum fingen wir auch gleich mit dem Ärmelhochkrempeln an. Nur Mika nicht. Der fing an zu weinen, weil seine Ärmel so eng waren, dass er sie nicht hochkrempeln konnte.

Das Alibi

Die Häuser standen grau im Nebel. In allen gab es Geheimnisse, aber in einem lag das größte Geheimnis von allen verborgen: das Geheimnis des verschwundenen Lottoscheins. Doch sieben tapfere Detektivinnen und Detektive waren wild entschlossen, es zu lüften und den Schuldigen zu finden. So lange konnte sich kein gewissensloser Schurke in Sicherheit wiegen.

»Als Erstes müssen wir herausfinden, wer von den Verdächtigen ein Alibi hat«, erklärte uns Timo, der schon Kriminalromane liest.

»Ich hab, glaub ich, letztes Jahr schon eins gehabt, dann kann ich dieses Jahr nicht noch mal eins kriegen«, sagte Mika.

»Wenn du doch eins hast, komm mir bloß nicht zu nah! So was kann ich vor Weihnachten nicht gebrauchen«, sagte Hanna erschrocken.

»Wenn du mich damit ansteckst, kannst du dein blaues Auge gleich mit auskurieren«, drohte der Rambo.

Wir fanden alle, die Detektivarbeit fing ganz schön gefährlich an, wenn man sich dabei gleich die schrecklichsten Krankheiten einfangen konnte. Aber zum Glück hatten wir Timo, der uns alles erklärte:

»Ein Alibi ist keine Krankheit, sondern der Beweis, dass es ein Verdächtiger nicht gewesen sein kann, weil er zum Zeitpunkt der Tat nicht am Tatort war.«

»Ach so«, sagten wir im Chor.

»Heißt das, ihr habt's verstanden?«, fragte Timo vorsichtshalber.

»Nein«, sagten wir im Chor.

Also erklärte es Timo noch mal: Wenn zum Beispiel in der Rechenstunde Hannas Bonbontüte verschwand und Mika an dem Tag gar nicht in der Schule war, dann hatte er ein Alibi. Schließlich konnte niemand Bonbons klauen, der gar nicht da war.

»Habt ihr's *jetzt* verstanden?«, fragte Timo.

»Logisch«, sagten wir. Natürlich hatten wir's verstanden. Nur Mika anscheinend nicht.

»Ich hab doch gesagt, dass ich letztes Jahr schon eins hatte und dann dieses Jahr nicht noch mal eins kriegen kann. Nie hört ihr mir zu!«, beschwerte er sich.

Wir anderen schauten alle Timo an und warteten auf eine Erklärung, aber es kam keine. Stattdessen fletschte Timo die Zähne und riss sich ein Bündel Haare aus. Es war zum Fürchten, und wir machten uns echt Sorgen, ob er vielleicht krank wurde. Hoffentlich kriegte er nicht auch so ein blödes Alibi wie Mika letztes Jahr!

In jedem Fall war die Lage jetzt ganz schön kompliziert. Wir sollten herausfinden, ob die Verdächtigen ein Alibi hatten, obwohl wir immer noch nicht wussten, was das eigentlich für eine Krankheit war. Aber wo die meisten von uns schon die Ärmel hochgekrempelt hatten, wollten wir uns auch an die Arbeit machen. Timo hatte es so bestimmt, und er kannte sich mit der Detektivarbeit eindeutig am besten aus.

Mit dem Vertretungslehrer wollten wir anfangen, weil es am einfachsten war. Schließlich würden wir ihn gleich morgen in der Schule als Ersten treffen. Hanna schlug vor, dass wir uns verkleiden sollten, aber Timo fand, dass es nicht nötig war.

»Wir müssen uns so normal wie möglich benehmen, damit er keinen Verdacht schöpft«, sagte er.

Bestimmt hatte er recht. Wahrscheinlich hätte der Vertretungslehrer Verdacht geschöpft, wenn statt unserer Clique plötzlich sieben bärtige Detektive im Klassenzimmer gesessen hätten. Oder zumindest hätte er sich gefragt, wohin wir anderen plötzlich verschwunden waren.

So kam es, dass wir uns am nächsten Morgen vollkommen normal benahmen. Das war ganz schön schwer, weil wir uns normalerweise nicht normal benehmen. Jedenfalls sagt das unser normaler Lehrer immer.

In der ersten Stunde hatten wir Finnisch, und der Vertretungslehrer erzählte uns das Märchen von den drei Ziegenböcken und dem Troll, der ihnen unter einer Holzbrücke auflauert.* Wir hörten zu und gaben uns Mühe, vollkommen normal auszusehen, auch Pekka, der von dem Märchen nicht viel mitbekam, weil er sich Radiergummis in die Ohren gestopft hatte und sie nicht mehr rauskriegte. Das machte er sonst auch immer, also war es auch vollkommen normal.

Als er zu Ende erzählt hatte, schlug der Vertretungslehrer vor, dass wir das Märchen nachspielen sollten. Er half uns, aus Tischen eine Brücke zu bauen, dann kroch er darunter, um selbst den Troll zu spielen. Mika durfte der kleinste, Pekka der mittlere und der Rambo der größte Ziegenbock sein.

Wir wussten, dass jetzt unsere Chance gekommen war. Als Ziegenböcke konnten Mika, Pekka und der Rambo dem Verdächtigen auf den Zahn fühlen, ohne dass er es überhaupt merkte.

Als Erster musste Mika auf die Brücke, obwohl er ein bisschen unter Höhenangst leidet und einen Riesenbammel vor Trollen hat.

»Wer ist es, der auf meiner Brücke trippelt?«, grum-

* Für alle, die es nicht kennen: Das Märchen gibt es wirklich. Es heißt »Die drei Böcke Brausewind«, und in Finnland kennt es jedes Kind.

melte der Troll, als Mika genau in der Mitte der Brücke angekommen war.

»Der Batman-Ziegenbock, aber friss mich nicht, friss lieber meinen Helfer Robin!«, bettelte Mika.

»Ich fresse, wen ich fressen will, gleich komm ich dich holen!«, grummelte der Troll.

»Mika, frag ihn nach dem Alibi!«, flüsterte Timo.

»Hast du ein Alibi?«, fragte Mika mit zittriger Stimme.

»Wie bitte?«, grummelte der Troll.

»Warst du am Tatort, als der Schein verschwunden ist?«, fragte Mika.

Wir waren gespannt, was der Troll *jetzt* grummelte. Mika zitterte wie Wackelpudding, aber das ist bei ihm vollkommen normal.

Dann spickte der Troll plötzlich unter der Brücke vor.

»Bist du sicher, dass wir dieselbe Geschichte spielen?«, fragte er.

Aber da sauste Mika vor Schreck schon ans Ende der Brücke und spielte nicht mehr mit.

Als Nächster war Pekka an der Reihe. Er betrat die Brücke mutiger als Mika, und als er in der Mitte war, grummelte der Troll:

»Wer ist es, der auf meiner Brücke trappelt?«

»Was? Hat er schon was gesagt?«, fragte Pekka mit

schief geneigtem Kopf. Er hatte nämlich immer noch die Radiergummis in den Ohren.

»Hier spricht der Troll!«, rief der Troll.

»Toll? Wer ist toll?«

»Pekka, das Alibi!«, flüsterte Timo.

»Was?«, fragte Pekka.

»Das Alibi!«, schrien wir im Chor.

»Wo?«, fragte Pekka. »Unter der Brücke?«

»Gleich komm ich dich holen und fress dich auf!«, schrie der Troll, und genau da wollte Pekka unter die Brücke schauen, um mit eigenen Augen zu sehen, wer da unten steckte. Sein Pech war nur, dass der Troll im selben Augenblick nach oben schauen wollte. Die beiden stießen mit den Köpfen zusammen, und zum

Glück hat Pekka einen harten Schädel und tat sich dabei nicht weh.

»Von wegen Alibi! Da unten hockt nur der Vertretungslehrer«, moserte er und ging schnurstracks von der Brücke.

»Der nächste Hornochse, bitte!«, rief der Troll, und wir Zuschauer mussten ein bisschen lachen, weil er schon beim dritten Mal die Tiere durcheinanderbrachte. Außerdem würde er selbst bald wie ein Hornochse aussehen, jedenfalls wuchs ihm gerade das erste Horn auf der Stirn.

Der Nächste war der Rambo. Er war unsere letzte Hoffnung. Wenn *er* nicht rauskriegte, ob der Vertretungslehrer ein Alibi hatte, hatten wir unsere Chance verspielt. Der Rambo betrat die Brücke und motzte die ganze Zeit vor sich hin. Als er in der Mitte angekommen war, meldete sich wieder der Troll.

»Wer ist es, der über meine Brücke trampelt?«, grummelte er.

»*Ich* stelle hier die Fragen!«, grummelte der Rambo zurück.

»So steht es aber nicht in der Geschichte«, grummelte der Troll und blätterte in dem Märchenbuch, das er mit unter die Brücke genommen hatte.

»Hast du unsere Million geklaut?«, grummelte der Rambo.

»Gleich komm ich dich holen und fress dich auf!«, versuchte es der Troll mit dem, was im Märchenbuch stand.

»Gleich komm ich runter und geb dir was aufs Maul!«, grummelte der Rambo.

Da sprang der Troll unter der Brücke vor und versuchte, den Rambo zu packen, was ganz klar ein Fehler war. Der Rambo war nämlich viel zu schnell für den alten Troll und biss ihn in die Nase. Der Troll schrie auf und rannte aus dem Klassenzimmer, während der dritte Ziegenbock ruhig zum Ende der Brücke schritt, genau wie im richtigen Märchen.

Wir klatschten natürlich wie verrückt. Das gespielte Märchen hatte uns noch viel besser gefallen als das vorgelesene. Allerdings wussten wir immer noch nicht, ob der Vertretungslehrer den Lottoschein jetzt geklaut hatte oder nicht.

»Und? War's jetzt der Troll?«, fragte Pekka.

Wir zuckten die Achseln. Das war die große Frage.

Was machst *du* mit dem Geld?

Nach der Schule schlug Timo vor, dass wir zum Bus gehen und wieder eine Krisensitzung abhalten sollten.

»Ich glaube, der Vertretungslehrer war's«, sagte Hanna schon auf dem Weg dorthin.

»Selbst wenn, dürfen wir nichts überstürzen«, sagte Timo. »Zur Detektivarbeit braucht es vor allem Geduld. Eule mit Keule, dann sind viele Hasen des Hundes Not!«

Wir nickten, weil wir alle der gleichen Meinung waren, und genau da blitzte Timos Brille im Schein einer Straßenlaterne auf. Für einen kurzen Augenblick sah er wie Harry Potter aus, und ich fragte mich, warum mir nicht schon früher aufgefallen war, was für ein süßer Junge sich unter der rauen Schale des Genies verbarg.

»Außerdem gibt es noch eine ganze Reihe von Verdächtigen, deren Alibis wir überprüfen müssen«, sagte er, während wir in den Hof des Lehrers einbogen. »Wir müssen nur aufpassen, dass keiner von ihnen das Land verlässt.«

Im Bus erklärte er uns dann den Plan, den er sich

ausgedacht hatte: Am nächsten Tag würden wir uns in Gruppen aufteilen, und jede Gruppe würde sich selbstständig einen der Verdächtigen vornehmen. So mussten wir nicht alle von einem zum anderen flitzen und sparten Kraft und Zeit. Der Plan war genial, das fanden alle, und als wir ihn beschlossen hatten, konnten wir noch eine Weile davon träumen, was wir mit unserem Anteil an der Million machen würden.

Hanna wollte sich erst mal ein schickes neues Mäppchen kaufen, und wenn noch Geld übrig blieb, wollte sie es den Models schenken, die immer aussehen, als ob sie nicht genug zu essen bekämen.

Tiina wollte sich eine schicke neue Mütze kaufen und einen von den Stiften, mit denen man in unterschiedlichen Farben schreiben kann. Wir vermuteten, dass das Geld dafür nicht reichte, aber vielleicht konnte man solche Stifte auch in Raten bezahlen.

Als ich an der Reihe war, erzählte ich von dem Hündchen, von dem ich träumte. Es sollte »Krümel« heißen, wenn es ein Rüde war, und »Klümpchen«, wenn es ein Hundemädchen war. Hunde seien nur schrecklich teuer, erklärte ich den anderen, und womöglich reichte dafür nicht mal eine ganze Million.

Mika wollte sich ein Batmobil kaufen, dabei hat er nicht mal einen Führerschein. Er behauptete, Batman brauche auch gar keinen, aber wir anderen widersprachen ihm. Auch Batman könne in eine Verkehrskontrolle kommen, und wenn er dann keinen Führerschein zeigen könne, könne er sich seine Fledermausträume abschminken. Erst mal brauche Mika einen Führerschein, und den gebe es leider erst, wenn man erwachsen sei. Natürlich fiel uns da wieder ein, was Mikas Mutter immer über die Männer sagte, und prompt musste Mika wieder weinen. Vielleicht ist es wirklich so, dass Geld nicht glücklich macht, noch nicht mal Batman.

Pekka sagte, er wolle sich von dem Geld eine neue Mutter besorgen. Seine jetzige hatte ihm nämlich gerade lange Unterhosen und Gummistiefel verordnet. Wir fanden es sowieso keine gute Idee, aber wir vermuteten, dass man für eine siebtel Million auch gar keine neue Mutter bekam. Wahrscheinlich nicht mal für eine ganze Million. Mütter sind wertvoller als Gold, sagt mein Vater immer.

»Ich nehme auch eine gebrauchte«, sagte Pekka, als wir ihm von unseren Zweifeln erzählten. »Hauptsache, sie will nicht alles bestimmen.«

Da mussten wir natürlich lachen, weil es Mütter, die nicht alles bestimmen wollen, wahrscheinlich gar nicht gibt. Das Bestimmenwollen muss bei ihnen eine Art Berufskrankheit sein, und gebrauchte Mütter haben sie vermutlich noch schlimmer als neue.

Der Rambo erklärte uns, er wolle sein Geld zum Teil in festverzinsliche Wertpapiere und zum Teil in Aktien stecken, wobei er sehr genau darauf achten werde, dass er immer mindestens drei verschiedene Branchen im Portfolio hat. Ich weiß echt nicht, ob ich die komischen Wörter alle richtig verstanden habe, aber ich sah ihn schon hinter einem riesigen Mahagonischreibtisch sitzen. Er sah noch genauso aus wie jetzt, nur mit einem teuren Handy und einem Ferrarischlüssel statt mit Boxhandschuhen.

Nachdem wir alle an der Reihe gewesen waren, fehlte nur noch Timo, aber der sagte nichts. Er sah aus, als wäre er mit seinen Gedanken ganz woanders.

»Und? Was machst *du* mit dem Geld?«, fragte ihn Hanna.

Aber Timo antwortete nicht. Er winkte nur ab, als interessierte ihn die Million nicht die Bohne. Dann warf er mir einen verstohlenen Blick zu, und ich konnte mir nicht helfen: Ich fand, er sah dabei aus, als hätte er etwas zu verbergen. Vielleicht hätte ich ihn sogar danach gefragt, aber genau da fuhr ein Taxi auf den Hof. Die Lehrerfamilie kam mit dem neuen Baby nach Hause.

Wir sausten natürlich aus dem Bus und rannten ihnen entgegen, und es wurde ein richtig fröhliches Wiedersehen. Die beiden Lehrerhunde Koj und Ote und das andere Kind, das jetzt schon über ein Jahr alt war, saßen nämlich auch mit im Taxi.

Die Hunde, die eigentlich Halbkojoten sind, sprangen wie wild um uns herum, und der Lehrer sprang genauso wild herum, weil er die Hunde und das ältere Kind einfangen wollte, die jetzt in verschiedene Richtungen davonsausten. Dann sauste auch der Taxifahrer los und versuchte, den Lehrer einzuholen, weil er anscheinend dachte, dass der Lehrer abhauen wollte, ohne zu bezahlen.

Nur wir bewahrten Ruhe und bewunderten das Baby, das die Frau des Lehrers uns zeigte. Außer einem schrumpeligen Gesicht war nur leider nicht viel von ihm zu sehen, weil der Rest unter einer dicken Decke steckte. Trotzdem war es süß und sah haargenau aus wie der Lehrer, den der Taxifahrer gerade zum Auto zurückzerrte. Es hatte genau dasselbe rote Gesicht, als wollte es gleich losbrüllen.

Als der Lehrer das Taxi bezahlt und alle Ausreißer eingefangen hatte, hatte er endlich auch Zeit für uns.

»Übermorgen komme ich zurück in die Schule«, sagte er.

»Ich dachte, du nimmst Vaterschaftsurlaub«, sagte seine Frau.

»Sogar die Schule ist Urlaub im Vergleich zu dem Stress hier«, sagte der Lehrer.

Dann ging die ganze Familie ins Haus, und wir winkten ihnen nach. Erst als der Lehrer schon die Haustür geschlossen hatte, fiel uns das Alibi wieder ein.

Wir klingelten.

Der Lehrer öffnete die Tür. Er hatte das Baby auf dem Arm und sah ein bisschen abgekämpft aus. Bestimmt war es anstrengend, sich um so ein Neugeborenes zu kümmern.

»Ihr seid noch hier?«

»Wir wüssten gern, ob Sie ein Alibi haben?«, fragte Timo.

Der Lehrer schien ein bisschen verwirrt. Dann schaute er auf das Baby, das gerade zu weinen anfing.

»Leider nicht«, seufzte er und schloss die Tür.

Wir teilten uns in Gruppen auf

Am nächsten Tag teilten wir uns in Gruppen auf, wie Timo vorgeschlagen hatte. Timo und ich gingen zum Blumenladen, Mika und Pekka gingen zum Zeitschriftenladen, und die anderen gingen zur Lottogesellschaft. Wir verabredeten, dass wir uns danach im Versammlungsbus treffen würden.

Timos und mein Ausflug wurde ziemlich kurz. An der Tür des Blumenladens hing nämlich ein Zettel:

Wegen Geschäftsaufgabe geschlossen!

»Die Blumentante ist also unschuldig«, stellte ich fest. »Sie hätte ihren Blumenladen nicht schließen müssen, wenn sie die Million hätte.«

»Nicht unbedingt. Es könnte auch sein, dass sie das Geld genommen hat und außer Landes geflohen ist«, sagte Timo.

Wie es aussah, würden wir das allerdings nie erfahren, denn der Laden war dunkel und leer. Als wir durchs Fenster spähten, sahen wir nur noch vertrocknete Blätter auf dem Boden liegen.

Timo und ich gingen also lange vor den anderen zum Versammlungsort. Trotzdem war es draußen schon duster. Hier und da brannten Weihnachtslichter in den Fenstern. Auch in einem Fenster des Lehrerhauses stand ein Kerzenleuchter. Es war nur noch eine gute Woche bis Heiligabend.

»Was wünschst du dir zu Weihnachten?«, fragte ich Timo, als wir im Bus saßen.

»Nichts«, sagte er und warf mir einen schnellen Blick zu. Es war derselbe ein bisschen ängstliche Blick, den ich schon mal an ihm bemerkt hatte.

»Nichts?«, wunderte ich mich.

»Ich ... glaube nicht an den Weihnachtsmann«, sagte Timo.

Ich wunderte mich. Man musste doch nicht an den Weihnachtsmann glauben, um Geschenke zu bekommen. Die brachte er doch so oder so. Das sagte ich auch Timo, aber er redete, als hätte er es entweder nicht gehört oder nicht verstanden.

»Weihnachten ist nur noch ein Riesenrummel, und alle wollen immer nur Geschenke«, sagte er leise.

Ich fand, dass hörte sich richtig klug an, vor allem von Timo mit seiner niedlich beschlagenen Brille. Trotzdem wünschte ich mir ein neues Barbiehaus, ein Karaokespiel, neue Schlittschuhe, aber vor allem einen süßen kleinen Hund. Ein süßes, strubbeliges, hechelndes, verspieltes Hündchen. Timo mit seinen klugen Ideen ist manchmal schon besonders.

Die beiden anderen Gruppen kamen fast gleichzeitig an. Mika und Pekka berichteten zuerst:

»Wir haben den Zeitschriftenonkel gefragt, ob er ein Alibi hat, und er hat gesagt, er hat sogar noch ein Heft da, aber es wäre eine Zeitschrift über ungeklärte Kriminalfälle und für Kinder leider überhaupt nicht geeignet«, erzählte Pekka.

»Dann haben wir dem Onkel erklärt, dass das nichts macht, weil ich schon letzten Herbst eins hatte, als wir eigentlich Tante Kaisa besuchen wollten«, fuhr Mika fort.

»Da ist der Onkel ganz ernst geworden und hat gesagt, dass Eltern besser aufpassen sollten, was ihre Kinder lesen«, erzählte Pekka.

»Und ich hab gesagt, dass ich überhaupt nichts lesen konnte, weil ich ja krank war«, setzte Mika hinzu.

»Da hat der Onkel nur komisch gelacht«, sagte Pekka.

Blieben noch Tiina, Hanna und der Rambo, die bei der Lottogesellschaft gewesen waren.

»Und habt *ihr* wenigstens Glück gehabt?«, fragte Timo.

Tiina holte eine Mandarine aus der Tasche und Hanna einen Apfel.

»Der Obstspielautomat funktioniert schon viel besser«, erzählte Hanna.

»Außer dass Bananen nicht mehr durch den verbesserten Auswurf passen«, sagte Tiina, während der Rambo in die Hosentasche griff und eine Handvoll Bananenpampe vorzeigte.

Es war eine Pleite auf der ganzen Linie. Wir hatten alle Verdächtigen verhört und waren kein bisschen weiter.

»Wir dürfen nicht aufgeben. Nach dem Regen kommt die Tonne«, tröstete uns Timo. »Wir machen einfach den nächsten Schritt unserer Ermittlungen.«

»Und der wäre?«, fragte ich.

»Wir suchen eine Spur«, sagte Timo. »Bei einem Kriminalfall braucht man eine Spur.«

Dann erklärte er uns, dass eine Spur ein Hinweis ist, der den Täter überführt.

»Fingerabdrücke, Schuhabdrücke, seltene Erde, die es nur im Blumenbeet des Täters gibt, ein Kleidungsstück, eine Visitenkarte oder ein ausländisches Geldstück – Verbrecher hinterlassen immer irgendwas, und das sind dann Spuren. Wir müssen sie nur finden«, sagte er.

Wir fanden es ein bisschen komisch, dass ausgerechnet Verbrecher so viele Spuren hinterließen. Dann waren sie ja fast so schlimm wie Väter. Ich hatte allmählich das Gefühl, dass wir Hilfe brauchten. Eine Mutter zum Beispiel hätte sich speziell um die Spuren von Vätern kümmern können, weil sie sich damit ja auskannte. Timo war auch der Meinung, dass wir die Spurensuche nicht allein schafften. Er wollte aber keine Mutter zu Hilfe holen, sondern einen Hund.

»Hunde sind unglaublich geschickt im Spurensuchen. Sie riechen vierhundertmal besser als Menschen«, wusste Timo.

»Besser als mein Vater nach einem Angelwochenende riechen sie in jedem Fall«, vermutete Pekka.

»Und wo bekommen wir einen Hund her?«, grübelte Hanna.

Genau da hörten wir ein Jaulen. Es war das Jaulen der zwei Halbkojoten im Lehrerhaus.

Und Ihnen immer eine Handbreit Torf unter den Holzpantinen!

Der Lehrer kehrte eindeutig mit neuem Schwung an die Arbeit zurück. Er strotzte nur so vor Eifer und Energie.

Aber auch der Vertretungslehrer kam am nächsten Morgen in die Schule. Er kam, um sich von uns zu verabschieden, und schenkte jedem zur Erinnerung einen Blumentopf, in den er ein Bäumchen gepflanzt hatte. Hanna bekam eine Eiche, Tiina bekam einen Ahorn, und ich bekam eine Birke. Timo bekam eine Kiefer, Mika eine Weide, der Rambo eine Tanne und Pekka einen Wacholder.

»Danke, dass ich euch unterrichten durfte«, sagte der Vertretungslehrer. »Ich bin mir sicher, ihr werdet weiter wachsen und gedeihen, und sehe euch schon vor mir als stolze, aufrechte Gewächse mit einem starken Stamm. Ihr werdet Wurzeln schlagen, und eines Tages wird es so weit sein: Ihr werdet genau solche Sprösslinge haben, wie ihr heute selbst welche seid.«

»Wir Fachleute hier an der Schule sprechen von Kindern«, bemerkte der Lehrer.

»Manchmal denke ich, ihr solltet vielleicht weniger sprechen und mehr *tun*«, sagte der Gärtner.

»Und *ich* denke, dass *ich* mich um die Kinder kümmere und *Sie* vielleicht um Rat bitte, wenn ich Petunien pflanzen möchte«, sagte der Lehrer.

»Ihnen allzeit Licht in der Krone!«, wünschte der Vertretungslehrer dem Lehrer zum Abschied.

»Und Ihnen immer eine Handbreit Torf unter den Holzpantinen!«, wünschte der Lehrer zurück.

Wir fanden es sehr schön, wie zwei so erfahrene Fachleute sich voneinander verabschiedeten.

Bevor er ging, sagte der Vertretungslehrer, dass wir ihn jederzeit in seinem Garten am Stadtrand besuchen dürften. Dort würde er nämlich bald anfangen, seinen Millionenwald zu pflanzen. Ihm fehle nur noch ein Geldgeber dafür.

»Unglaublich, was sie heutzutage für Knallerbsen auf schutzlose Kinder loslassen!«, schnaubte der Lehrer, als der Gärtner gegangen war. »Und jetzt Schluss mit dem Unsinn! Raus mit den Schulbüchern! Ich weiß, hier haben manche eine blühende Fantasie, aber ich dulde keine Auswüchse! Von heute an halten wir uns wieder an die Buchstaben. Die Buchstaben sind die Wurzel. Ohne Wurzeln kommen wir auf keinen grünen Zweig, und ein fauler Apfel verdirbt den ganzen Korb.«

Ich wunderte mich ein bisschen, dass unser normaler Lehrer auch so viel von der Gärtnerei verstand. Außerdem fand ich, dass er sich strenger anhörte als der alte Gärtner, aber vielleicht waren es auch nur die Nerven an seinem ersten Schultag nach der Schwangerschaft. Auf alle Fälle waren wir froh, dass er zurück war.

In der letzten Stunde an dem Tag sollten wir basteln.

»Wir basteln wie jedes Jahr Weihnachtswichtel aus Klopapierröllchen, Watte und Seidenpapier«, sagte der Lehrer. »Hanna und Ella holen bitte alles, was wir dafür brauchen!«

Auf dem Weg zum Raum für Bastelsachen mussten Hanna und ich lachen, weil wir genau wussten, dass von dem, was wir holen sollten, so gut wie nichts mehr da war.

Hanna fand dann wenigstens noch ein Klopapierröllchen. Ich fand nur zwei Knöpfe.

»Wo ist die Watte?«, wunderte sich der Lehrer.

Da sagten wir ihm die Wahrheit.

»Und der Kleber?«, fragte er.

Da sagten wir ihm die Wahrheit.

»Das Seidenpapier?«, fragte er.

Da sagten wir ihm die Wahrheit.

»Das ist ein Skandal!«, sagte er.

Dazu sagten wir nichts, weil wir nicht genau wussten, was ein Skandal war, und jetzt lieber nicht fragen wollten.

Der Lehrer drehte das Klopapierröllchen in der

Hand. Ich fand, er wirkte immer noch ein bisschen nervös. Aber vielleicht überlegte er auch nur, wie wir aus einem Klopapierröllchen und zwei Knöpfen für die ganze Klasse Weihnachtswichtel basteln konnten. Wir warteten gespannt, was dabei herauskam.

Genau da warf die Direktorin einen Blick in unser Klassenzimmer.

»Ich hab schon gehört, dass du zurück bist«, sagte sie.

»Ich bin zurück, damit ich nicht länger von einem Gärtner vertreten werde«, sagte der Lehrer.

»Uns fehlt einfach das Geld«, sagte die Direktorin.

»Sieht ganz so aus. Weißt du, was das hier ist?«, fragte der Lehrer und zeigte der Direktorin das Klopapierröllchen.

»Es sieht ein bisschen aus wie ein Klopapierröllchen«, sagte die Direktorin vorsichtig.

»Falsch! Das hier ist Bastelmaterial, mit dessen Hilfe wir die Freude unserer Schüler am Handwerklichen, am kreativen Schaffen und am spielerischen schulischen Miteinander stärken sollen. Außerdem soll es sie den sorgsamen Umgang mit ihnen anvertrauten Dingen lehren.«

Wir wunderten uns, denn wir sahen in der Hand des Lehrers noch immer nur das leere Klopapierröllchen, aber vielleicht stammte es von einer besonders wertvollen Marke.

»Wie ich schon sagte, uns fehlt das Geld«, sagte die Direktorin. »Ich habe gerade wieder einen geharnischten Brief ans Schulamt geschickt und unverzüglich mehr Geld verlangt, aber du weißt ja …«

Der Lehrer hörte der Direktorin überhaupt nicht zu. Stattdessen fing er an zu basteln. Er klebte mit Klebeband zwei Knöpfe an das Klopapierröllchen und übergab es der Direktorin.

»Frohe Weihnachten!«

»Danke«, sagte die Direktorin leise.

Das Geschenk des Lehrers war auch wirklich schön. Mit den großen Augen sah es ein bisschen wie eine Eule aus.

»Nichts zu danken. Es ist von der ganzen Klasse. Eine Weihnachtseule«, sagte der Lehrer.

Wir hatten richtig geraten.

»Siehst du übrigens, wie vorwurfsvoll sie dich aus ihren großen Knopfaugen ansieht?«, fuhr der Lehrer fort.

»Ich kann das Geld doch auch nicht herzaubern«, sagte die Direktorin.

»Nein«, sagte der Lehrer traurig. »Dazu braucht es wahrscheinlich einen kleinen Lehrer wie mich.«

Wir trauten unseren Ohren nicht. Was hatte er da gesagt? Sollte das heißen, dass *er* der Schule Geld besorgen konnte? Hatte er sich gerade verraten? Dass er kein Alibi hatte, hatte er ja schon früher zugegeben. Es sah so aus, als bräuchten wir den Schuldigen nicht mehr lange zu suchen.

»Ich organisiere einen Schulbasar, mit dessen Gewinn wir die Vorräte an Seidenpapier, Watte, Pfeifenreinigern und so weiter wieder auffüllen«, verkündete der Lehrer.

»Aber bis Weihnachten ist es doch nur noch eine Woche«, wandte die Direktorin ein.

»Darum haben wir es auch so eilig«, sagte der Lehrer. »Klassenvollversammlung! Heute Abend bei mir zu Hause. Die Teilnahme ist Pflicht!«

Auf Spurensuche

Das Wohnzimmer im Lehrerhaus war ganz schön voll. Das lag natürlich daran, dass so viele an der Klassenvollversammlung teilnahmen. Außer dem Lehrer, seiner Frau, ihren zwei Kindern und den Hunden Koj und Ote waren es Timo, Tiina, Hanna, Mika, Pekka, der Rambo, ich und alle Väter. Die Väter waren gekommen, weil die Mütter noch nicht mit den Weihnachtsvorbereitungen fertig waren. Die Väter waren anscheinend damit fertig, sonst hätten die Mütter sie ja nicht geschickt.

Wir saßen auf den Polstermöbeln und auf Stühlen, die der Lehrer aus der Küche holte.

»Schön«, sagte der Lehrer zufrieden. »Unter uns Männern wird die Versammlung eine schnelle, konzentrierte und zielgerichtete Sache.«

»Soll das heißen, mit Frauen würde sie das nicht?«, fragte seine Frau.

»Aber nein, Schatz«, sagte der Lehrer. »So hab ich das doch nicht gemeint.«

»Aber nein, Schatz«, sagten die Väter. »So hat er das doch nicht gemeint.«

Wir fanden, das ging für den Anfang schon ziemlich schnell und konzentriert. Und zielgerichtet war es bestimmt auch.

Dann schilderte der Lehrer die Situation. Er berichtete, dass die Schule kein Geld mehr habe und alle Bastelsachen aufgebraucht seien. Die Väter hörten aufmerksam zu und nickten verständnisvoll. Als der Lehrer von der Weihnachtseule erzählte, die er aus den letzten verbliebenen Bastelmaterialien gebastelt hatte, wischte sich der Vater des Rambos verstohlen eine Träne aus dem Augenwinkel.

»Ich denke, wir sind uns darin einig, dass etwas geschehen muss, und zwar bald«, schloss der Lehrer.

Die Väter nickten.

»Ich schlage vor, wir greifen in Sturmformation an und retten die Eule«, sagte der Vater des Rambos und schlug mit der Faust auf den Tisch, dass das Baby aufwachte und zu weinen anfing.

»Wir?«, fragte Mikas Vater verwundert.

»Ich hatte eher an einen Basar gedacht«, sagte der Lehrer.

»Sind dafür nicht die Frauen zuständig?«, fragte Timos Vater verwundert.

»Wie wär's mit einem Wohltätigkeitsspiel?«, fragte Pekkas Vater. »Wir könnten zum Beispiel Eishockey spielen.«

»Mal wieder richtig Mann gegen Mann wäre schon eine Wohltat«, seufzte Tiinas Vater.

»Könnte man das Basteln nicht einfach lassen und die Kinder zum Beispiel in Weltpolitik unterrichten? Ich könnte mir vorstellen, dass sie davon später im Leben mehr haben als von Weihnachtswichteln aus Klopapierröllchen«, bemerkte Hannas Vater.

So wie der Lehrer inzwischen ausah, war uns klar, dass die Versammlung länger dauern würde. Also schlugen wir vor, dass wir mit Koj und Ote Gassi gehen könnten. Und der Lehrer war einverstanden. Alles lief nach Plan. Genau so hatten wir es uns gedacht. Die Hunde brauchten wir natürlich für die Spurensuche.

Draußen war es schon dunkel. Nur die Straßenlaternen verbreiteten ihr glänzendes Licht. Koj und Ote waren begeistert, dass sie ins Freie durften. Sie zerrten an ihren Leinen, dass am anderen Ende immer zwei von uns festhalten mussten. Hanna und ich hielten Koj, und Tiina und Mika hielten Ote.

Kaum dass wir den Hof verlassen hatten, nahmen die beiden Witterung auf. Sie blieben mit den Schnauzen ganz nah am Boden und schnüffelten so laut, dass man es bis zu uns oben hören konnte.

Timos Idee war wieder mal genial. Die Hunde würden uns direkt zu dem Millionendieb führen. Ich weiß nicht, wie es den anderen ging, aber ich fand es wahnsinnig aufregend, zwei solchen Spürhunden bei der Arbeit zuzusehen.

Nach ungefähr einer halben Stunde wunderten wir uns allerdings ein bisschen. Wir waren müde, von oben bis unten eingesaut, und uns taten die Füße weh.

»Komischer Dieb«, sagte Hanna.

Das fanden wir alle. Was war das für ein Millionendieb, der an fast jeder Straßenlaterne und fast jedem Gartenzaun stehen geblieben war? Und wieso hatte er sich im Park im Zickzack von Baum zu Baum bewegt? Außerdem war er durch eine Hecke geschlüpft und hatte sich für Abflussrohre, Eingänge zu Fuchsbauten, die Popos von zwei Pudeln und sogar für den eingezäunten Hundespielplatz interessiert. Wir hatten allmählich das Gefühl, dass Koj und Ote die falsche Spur verfolgten.

Als ich es Timo sagte, war er mit mir einer Meinung.

»In Krimis riechen die Spürhunde immer erst an etwas, was dem Dieb gehört hat«, fiel ihm jetzt ein.

»Du meinst, wir brauchen zum Beispiel erst einen Schuh von dem Dieb, damit die Hunde ihn aufspüren können?«, fragte Hanna.

»Möglich«, sagte Timo mit einem Achselzucken.

»Ich glaub's nicht«, schnaufte Tiina. »Dann müssen wir jetzt also erst den Dieb finden und ihm einen Schuh abnehmen, bevor die Hunde weitermachen können?«

Wir schauten Timo an. Wenn es so war, wie Tiina sagte, war die Detektivarbeit noch viel schwerer, als er uns erklärt hatte.

»Wenn euch was Besseres einfällt, sagt's ruhig«, sagte Timo ein bisschen beleidigt.

Aber bevor wir anderen überhaupt darüber nachdenken konnten, hoben Koj und Ote plötzlich die Schnauzen und begannen ein Geheul, dass es uns kalt den Rücken runterlief.

Gleich darauf rannten sie in einen dunklen Waldweg. Wir vier an den Hundeleinen wurden hinterhergezogen, und die anderen versuchten, uns nicht zu verlieren. Wir stolperten über Wurzeln, und Zweige peitschten uns ins Gesicht. Wir schrien »Halt!« und »Stehen bleiben!«, aber Koj und Ote hörten einfach nicht. Der Weg schlängelte sich durch ein Tannengehölz. Es ging einen Hügel hinauf und wieder hinunter. Erst als der Wald zu Ende war, blieben Koj und Ote stehen.

Vor uns lag eine Wiese oder ein Feld, das war in der Dunkelheit schwer zu erkennen, aber dahinter stand ein Haus, an dem das Hoflicht brannte. Um das Haus standen dunkle Nebengebäude. Es war totenstill. Kein Windhauch war zu spüren. Das einsame Haus sah einladend und zugleich ein bisschen unheimlich aus. Das Licht war verlockend, drinnen im Haus war es bestimmt warm, und uns war natürlich kalt, weil wir nach dem vielen Rennen schwitzten. – Aber was, wenn das stille Haus ein Spukhaus war? Ein geheimnisvolles Forschungsinstitut oder eine raffinierte riesige Nachtfalterfalle?

»Was glaubt ihr, warum Koj und Ote uns hierhergeführt haben?«, fragte Hanna.

Wir schauten die beiden Halbkojoten an. Sie waren jetzt ganz ruhig. Nur ihre Schnauzen, die sie in die Luft reckten, zitterten.

»Meint ihr, es ist das Haus von dem Millionendieb?«, fragte Tiina.

Und genau da sahen wir die Lichter eines Autos. Sie kamen aus der Dunkelheit und bewegten sich in Richtung Haus. Mal zeigten die Scheinwerfer fast in den Himmel, dann wieder sahen wir sie zwischen Bäumen aufblitzen.

»Lasst uns näher rangehen!«, flüsterte Timo.

Hanna und Tiina blieben mit den Hunden am Waldrand. Wir anderen schlichen durch feuchtes Gras auf das Haus zu. Wo das Hoflicht nicht hinreichte, war es so dunkel, dass wir nicht mal besonders vorsichtig sein mussten.

Das Auto fuhr gerade auf den Hof, als wir hinter eines der Nebengebäude schlüpften. Es war ein alter Lieferwagen, der vor dem Haus anhielt. Aus der Nähe sahen das Haus und die Nebengebäude wie ein ganz normaler kleiner Bauernhof aus. Irgendwo in dem Haus brannte auch Licht, aber man sah es nur ganz schwach in einem der Fenster.

Auch der Mann, der aus dem Lieferwagen stieg, sah ganz normal aus, abgesehen vielleicht von seiner spiegelblanken Glatze, die im Hoflicht glänzte. Er trug einen blauen Overall, aber wir erkannten ihn trotzdem.

»Der Gärtner«, flüsterte ich erleichtert.

Dann ging die Haustür auf, und eine dunkelhaarige Frau trat auf die Treppe. Auch sie erkannten wir.

»Die Blumentante«, flüsterte Timo.

Im selben Augenblick hörte man vom Waldrand her ein lang gezogenes, klagendes Heulen. Uns machte das natürlich keine Angst, aber dem Gärtner und der Blumentante, das sah man ganz genau. Aber auch die Bewohner des Nebengebäudes, hinter dem wir uns versteckten, schienen es mit der Angst zu bekommen. Jedenfalls fingen sie an zu gackern.

»Ein Fuchs?«, fragte die Blumentante, als es wieder still war.

»Eher ein Wolf«, sagte der Gärtner. »Ich hol lieber mal das Gewehr.«

Da rannten wir, so schnell uns unsere Füße trugen.

Das Motiv

Die Versammlung war dann doch konzentriert und zielgerichtet. Nur schnell war sie nicht. Wir schafften den ganzen Weg zurück, bevor sie zu Ende war.

Wir waren durch und durch nass und von oben bis unten voller Matsch, aber keiner der Väter schien es zu bemerken. Sie merkten nicht mal, dass wir zurück waren. Wahrscheinlich lag es daran, dass ein Eishockeyspiel im Fernsehen lief, das sie konzentriert verfolgten. Vor dem Eishockeyspiel hatten sie sich überlegt, dass es doch am besten einen Basar geben sollte.

Wir selbst hatten uns auf dem ganzen langen Rückweg überlegt, wieso sich der Gärtner und die Blumentante wohl in dunkler Nacht in einem einsam gelegenen Haus trafen. Timo war dafür nur eine logische Erklärung eingefallen: Die beiden waren Komplizen! Die Blumentante hatte dem Gärtner von unserem Lottoschein erzählt, der Gärtner hatte ihn uns gestohlen, und jetzt teilten sie in dem einsamen Geheimversteck die Beute auf.

»Sie haben nämlich alle beide ein Motiv«, erklärte uns Timo, bei dem wir uns schon lange nicht mehr wundern, wenn er mit vollkommen neuen Wörtern kommt.

»Na und?«, sagte Mika. »Selbst *wenn* sie zwei Motive haben, fahren die zusammen bestimmt nicht so schnell wie das Batmobil.«

»Hör zu«, sagte Timo geduldig. »Ein Motiv ist nichts, was fährt, sondern ein Grund, warum man etwas tut. Die Blumentante braucht Geld, weil ihr Laden pleite ist. Der Gärtner braucht eine Million, damit er seine Bäume pflanzen kann. Also haben beide einen Grund, unsere Million zu klauen.«

»Vergesst nicht: Die Hunde haben ihre Spur bis zu dem einsamen Haus verfolgt«, erinnerte uns Hanna.

»Und der Troll hatte kein Alibi«, sagte Pekka.

Es schien, als hätten wir den Schuldigen gefunden. Und nicht nur einen, sondern sogar zwei.

»Zwei Ziegen mit einer Pappe«, fasste Timo zusammen.

Am nächsten Morgen schleppten wir die Sachen für den Basar in die Schule.

Ich brachte mein altes Barbiehaus.

Hanna brachte einen Stapel Pferdezeitschriften.

Tiina brachte alte Briefe, die unheimlich interessant und romantisch waren, aber wir konnten sie leider nicht alle lesen, weil ihre Mutter gleich in der ersten

Pause kam und sie alle zurückkaufte, allerdings nur für ein paar Cent. Wir fanden, es war trotzdem ein guter Anfang.

Mika brachte eine Mütze, die seine Mutter gestrickt hatte, und seine Mutter kam in der zweiten Pause. Sie wollte die Mütze aber nicht zurückkaufen, sondern schimpfte nur, dass Mika sie sofort aufsetzen sollte.

Timo brachte ein Buch, aber dann beschloss er, es sich lieber selbst zu kaufen. Er hatte zwar kein Geld, aber er versprach, dass er es gleich von seinem ersten Gehalt bezahlen würde. Wir fanden, das war ein faires Angebot, weil wir ja wussten, dass er ein Genie ist und bestimmt mal ein sehr gutes Gehalt bekommt.

Der Rambo brachte ein Bild, das sein Vater gemalt hatte, darauf waren drei blaue Streifen und ein roter. Wir fanden es sehr schön, aber auch sehr teuer, weil es eine Million Euro kosten sollte. Komisch war nur, dass die letzten fünf Nullen auf dem Preisschild in einer anderen Handschrift geschrieben waren, die haargenau wie die vom Rambo selbst aussah.

Auch der Lehrer brachte ein Kunstwerk für den Basar: die Weihnachtseule, die er gebastelt hatte. Die Direktorin hatte sie ihm zurückgegeben, weil sie ihren vorwurfsvollen Blick nicht mehr ertragen konnte.

Pekka brachte seinen Vater, der aber nicht zu verkaufen war. Und sein Vater brachte ihre große Familienkutsche, die aber auch nicht zu verkaufen war. Stattdessen sollte es unser Verkaufsauto sein. Die Väter hatten beschlossen, dass es viel zu spät war, die Leute zu dem Basar einzuladen, und wenn die Leute nicht zum Basar kamen, sollte der Basar eben zu den Leuten kommen. Wir würden einen rollenden Basar veranstalten und die Sachen direkt aus dem Kofferraum verkaufen.

»Besser wenige gute als viele schlechte Sachen«, sagte der Lehrer, als alles eingeladen war.

»So ist es«, sagte Pekkas Vater und startete den Motor. »Und wo fahren wir hin?«

»Am besten dort, wo das Geld zu Hause ist«, sagte der Lehrer.

Wir fanden, das hörte sich spannend an. Wir wussten zwar, dass Geld nicht auf den Bäumen wuchs, weil das die Erwachsenen immer sagten, aber wo es zu Hause war, wussten wir trotzdem nicht. Wir hatten bis dahin nicht mal gewusst, dass es überhaupt ein Zuhause hatte. Und wenn es eins hatte, wieso es dann auf der Straße lag, wie die Erwachsenen auch manchmal sagten. Wir mussten ganz klar noch viel über Gelddinge lernen.

Pekkas Vater fuhr dann in eine Gegend mit lauter schönen großen Häusern. Manche hatten sogar eine Veranda mit Säulen davor, und ein paar davon standen hinter hohen Mauern. Man konnte sich gut vorstellen, dass darin das Geld zu Hause war. Es wohnten aber auch Menschen in den Häusern.

»Wir fangen gleich beim ersten an«, sagte der Lehrer. »Da wohnt dieser Aktienmogul. Der Mann verdient im Monat hundertmal so viel wie ich im ganzen Jahr.«

Pekkas Vater hielt vor dem Haus, und wir sahen, dass es das größte in der ganzen Straße war.

Der Mann, der uns die Tür öffnete, sah aber kein bisschen aus wie ein Mogul. Timo wusste nämlich, dass das indische Großfürsten waren, und hatte es uns zugeflüstert. Der Mann an der Tür trug ein kariertes Hemd und eine blaue Jogginghose, die mit Farbe bekleckert war. Er schaute uns mindestens genauso überrascht an wie wir ihn.

»Ja, bitte?«

»Möchten Sie ein Barbiehaus kaufen?«, fragte ich.

»Ich glaube nicht. Ich hab nicht mal Kinder«, sagte der Mann.

»Und Pferdezeitschriften?«, fragte Hanna.

»Nein danke. Ich lese nur Zeitung, und auch da nur die Sportnachrichten.«

»Möchten Sie eine auf die Palette, oder kaufen Sie lieber das Bild hier?«, fragte der Rambo.

»Auch die Eule hier wäre im Angebot«, sagte der Lehrer, der mit uns an die Tür gekommen war. Wir fanden, er klang dafür, dass wir gerade erst anfingen, schon ganz schön nervös.

Der Mann betrachtete die Klopapierröllcheneule, die leider nur noch ein Auge hatte, weil der eine Knopf irgendwo unterwegs abgefallen war.

»Hmm. Ich meine, klar, bastelnde Kinder soll man unterstützen, wo es geht – was soll die Eule denn kosten?«, fragte der Onkel in der bekleckerten Jogginghose.

Wir freuten uns riesig. Das erste Geschäft war so gut wie unter Dach und Fach.

»Sie ist teuer, aber Sie sind ein kluger und gutherziger Mensch, da machen wir einen Sonderpreis«, versprach der Lehrer.

»Also wie viel?«

»Eine Million.«

»Du liebe Güte, so viel Geld hab ich nicht.«

»Erzählen Sie nichts! Während Sie hier in der Tür stehen, verdienen Sie wahrscheinlich das Doppelte.«

»Aber nein …«

Der Mann versuchte, die Tür zuzuziehen, aber der Lehrer steckte blitzschnell die Eule dazwischen.

»Na gut, hunderttausend. Aber sie erzählen niemandem, dass Sie sie zum Schnäppchenpreis bekommen haben!«, sagte der Lehrer.

»Ich rufe die Polizei!«, rief der Mann durch den schmalen Türspalt.

»Unser letztes Angebot: tausend Euro! Ich wette, der Klingelknopf neben der Tür kostet mehr. Geben Sie Ihr Geld ein einziges Mal im Leben für etwas anderes aus als für sich selbst!«

»Zum letzten Mal: Ich habe kein Geld!«, rief der Mann. »Ich wohne nicht mal hier. Ich bin nur der Handwerker und renoviere, solange die Besitzer in Spanien sind. Sie verbringen dort immer den Winter.«

Der Lehrer war einen Augenblick verwirrt, und das nutzte der Mann aus. Er schob die Tür erst ein Stück auf und zog sie dann schnell wieder zu. Die einäugige Eule klemmte immer noch dazwischen, aber wenigstens eine Hälfte konnte der Lehrer retten. Zum Glück war es die obere mit dem Auge.

Es sah so aus, als würde der rollende Basar schwieriger, als wir gedacht hatten.

Ihr spielt die Kinder!

Wir klapperten ein Haus nach dem anderen ab, aber wir verkauften nichts. Anscheinend hatten Menschen dort, wo das Geld zu Hause war, keine Zeit, mit Barbies zu spielen, Pferdezeitschriften zu lesen oder schöne Kunstwerke anzuschauen. Nicht mal die halbe einäugige Eule schaffte es, die Herzen zu erweichen, dabei sah sie wirklich herzerweichend aus.

»Wir brauchen eine neue Taktik«, sagte der Lehrer, als ein Mann die Polizei und den Kinderschutz anrufen wollte, wenn sich der Lehrer keine anständige Arbeit besorgte, mit der er seine angeblich sinnlos große Kinderschar ernähren konnte.

Danach verkleideten sich die beiden Erwachsenen. Der Lehrer holte ein altes Poliertuch und einen halb vollen Kanister Scheibenwaschmittel aus dem Kofferraum. Das Tuch wickelte er sich um den Kopf, und den Kanister schob er sich vorne unter den dicken Pullover. Die Verkleidung von Pekkas Vater war nur ein väterlicher Gesichtsausdruck, den Pekka sonst nicht von ihm kannte.

»Ihr spielt die Kinder!«, sagte der Lehrer zu uns.

Das klang nicht schwer, aber wir waren trotzdem ein bisschen aufgeregt, ob wir es gut hinkriegten.

Die nächste Gegend, in der wir es versuchten, sah nicht mehr so reich aus. Vielleicht wohnte da mehr das Kleingeld. Aber auch hier gab es Menschen.

Auf dem Weg zur ersten Haustür hakten sich der Lehrer und Pekkas Vater unter und gingen voran. Wir folgten ihnen mit den Sachen, die wir verkaufen wollten. Inzwischen wehte ein fieser kalter Wind.

»Wir kaufen nichts«, sagte die Tante, die die Tür aufmachte.

Sie schien vor allem dem Lehrer nicht zu trauen. Jedenfalls starrte sie ihn die ganze Zeit an.

»Und wir *verkaufen* nichts«, flötete der Lehrer mit verstellter Stimme.

Das fanden wir jetzt komisch. Was sollte das für eine neue Taktik sein? Wie sollte ein rollender Basar funktionieren, wenn wir nichts verkauften?

»Wir suchen nur eine Wohnung für unsere Familie«, erklärte Pekkas Vater.

»Sind das alles Ihre?«, fragte die Tante und ruckte mit dem Kopf in unsere Richtung.

Wir lächelten sie natürlich an, aber sie lächelte nicht zurück. Sie sah mehr aus wie jemand, der gerade einen Stromschlag oder die Stromrechnung bekommen hatte.

»Jawohl! Und es ist schon wieder eins unterwegs«, flötete der Lehrer und klopfte auf den Scheibenwaschmittelkanister unter seinem Pullover. Es klang erst hohl, dann hörte man es gluckern.

»Scheint eine angenehm ruhige Wohngegend zu sein«, stellte Pekkas Vater fest.

»Mit viel Auslauf für unsere Hunde«, flötete der Lehrer.

»Hunde haben Sie auch noch?«, stöhnte die Tante an der Tür.

»Eigentlich sind es gar keine Hunde«, flötete der Lehrer. »Es sind Halbkojoten. Sie sind ein bisschen wild, aber sie tun Ihnen nichts, wenn Sie dran denken, immer ein schönes Stück Fleisch bei sich zu haben und ihnen niemals in die Augen zu schauen.«

»Viel lieber würden wir ja aufs Land ziehen, aber Sie wissen ja selbst, wie teuer das heutzutage ist«, seufzte Pekkas Vater.

»Augenblick«, sagte die Tante. »Ich muss nur meinen Geldbeutel holen.«

Der Lehrer und Pekkas Vater warfen einander vielsagende Blicke zu.

»Wir können auf gar keinen Fall Geschenke annehmen«, flötete der Lehrer, als die Tante zurückkam. »Aber das Barbiehaus zum Beispiel könnten wir Ihnen für fünfzig Euro überlassen.«

»Bitte sehr«, sagte die Tante, als sie mir das Barbiehaus abnahm und mir dafür den Fünfziger gab. »Das reicht bestimmt für was Schönes weiter draußen. Vielleicht sogar viel weiter draußen.«

»Bestimmt«, sagte Pekkas Vater.

Als wir gingen, sah die Tante richtig erleichtert aus. Wir winkten ihr noch fröhlich, aber sie winkte nicht zurück. Wahrscheinlich überlegte sie sich schon, wie sie das Barbiehaus einrichten sollte.

Die neue Taktik des Lehrers war komisch, aber sie funktionierte trotzdem. Gleich der Onkel im Nachbarhaus gab zwanzig Euro für Hannas Pferdezeitschriften, obwohl er wirklich nicht so aussah, als würde er sich für Pferde oder Ponys interessieren. Und ein junges Paar auf der anderen Straßenseite kaufte das Bild von Rambos Vater. Eine Million wollten sie zwar nicht dafür bezahlen, aber wir fanden auch zehn Euro keinen schlechten Preis für den lila Klecks, in den sich die blauen und roten Streifen im gerade einsetzenden Schneeregen verwandelten.

Jetzt war nur noch die einäugige Weihnachtseule übrig.

Wir wunderten uns, als die nächste Haustür von einem der Automatenonkel aus der Lottogesellschaft geöffnet wurde. Er wunderte sich auch, aber am meisten wunderte sich der Lehrer, weil genau da der Kanister unter seinem Pullover zu lecken anfing und ihm nach Zitrone duftendes Scheibenwaschmittel unten aus den Hosenbeinen lief.

»Hier riecht's auf einmal so gut«, sagte der Automatenonkel.

»Es ist so weit!«, rief der Lehrer.

»Wir müssen schnell ins Entbindungskrankenhaus, aber wir kommen wieder«, sagte Pekkas Vater und half dem Lehrer zurück zum Auto.

»Dem Duft nach wird es eine Zitrone«, sagte der Automatenonkel, und er musste es wissen. Schließlich erfand er Obstspielautomaten.

»Eigentlich ist es gar nicht unsere Mutter, sondern bloß unser Lehrer«, gestand ich.

»Das erklärt manches«, sagte der Onkel nachdenklich. »Zitrone ... Lehrer ... immer ein bisschen sauer ...«

»Wohnen Sie schon lange hier?«, erkundigte sich Timo.

»Um die zehn Jahre. Wieso?«, fragte der Onkel.

»Das hier ist bestimmt ein teures Haus?«, vermutete Hanna.

»Aber bis zum letzten Dachziegel abbezahlt«, sagte der Onkel. »Und ihr, was macht ihr hier? Ist das eine Art Schulprojekt?«

»So was Ähnliches«, sagte Timo. »Wir forschen nach Motiven und prüfen Alibis.«

»Und wir suchen Spuren«, sagte Mika.

»Von Dieben«, fügte Tiina hinzu.

»Und von mir gibt's Saures, wenn Sie's waren!«, fasste der Rambo zusammen.

»Ich dachte, der Troll wär's gewesen«, wunderte sich Pekka.

»Ich muss sagen, zu meiner Zeit war Schule nicht so spannend. Ich bin richtig neidisch. – War nett, mit euch zu plaudern, aber ich hab noch zu tun«, sagte der Automatenonkel und schloss die Tür.

»Den können wir von der Liste der Verdächtigen streichen«, sagte Timo auf dem Weg zum Auto, in dem der Lehrer und Pekkas Vater schon auf uns warteten.

Die Hose des Lehrers trocknete oben auf dem Dachgepäckträger, und das ganze Auto duftete nach Zitrone.

Wir anderen waren mit Timo einer Meinung. Wenn der Automatenonkel sein schönes Haus schon abbezahlt hatte, brauchte er bestimmt keine Million. Unser

Verdacht richtete sich immer mehr gegen die Blumentante und den Gärtner.

»Ziemlich gutes Ergebnis für einen rollenden Basar«, sagte Pekkas Vater, als er das Auto startete.

»Trotzdem ist die Eule noch nicht verkauft«, sagte der Lehrer enttäuscht.

»Wir wissen einen Käufer dafür«, sagte Timo.

Wir anderen wunderten uns, weil wir uns beim besten Willen nicht vorstellen konnten, wer ein halbes Klopapierröllchen mit nur einem angeklebten Knopf kaufen sollte.

»Aha, schön«, sagte der Lehrer. »Ich weiß nur nicht, ob ich mich so noch irgendwo zeigen kann.«

Wir fanden, da machte er sich unnötig Sorgen. Ich fand seine lange Unterhose sogar schick. Mein Vater läuft zu Hause auch gern so herum, und wenn meine Mutter was sagt, sagt er, dass es ihr ja nicht gefallen muss.

Also beschlossen wir, den letzten Versuch mit der halben Eule noch zu machen. Timo war sich seiner Sache auch hundertprozentig sicher. Er war sich hundertprozentig sicher, dass uns der Gärtner die halbe einäugige Weihnachtseule abkaufen würde.

Dreimal darfst du raten!

Es war schon dunkel, als wir das Haus des Gärtners endlich fanden. Wir waren ein paarmal falsch gefahren, weil die Gegend vom Auto aus ganz anders aussah, aber irgendwann rumpelten wir doch über den buckligen Weg durch die Felder, auf dem wir nachts die Scheinwerfer des Lieferwagens gesehen hatten. Als wir auf dem Hof anhielten, stiegen alle aus. Nur der Lehrer wollte lieber im Auto bleiben, obwohl ihm sogar Pekkas Vater sagte, dass im Dunkeln kein Mensch den Unterschied zwischen einer Hose und einer langen Unterhose sieht. Unser Lehrer ist eben ein bisschen schüchtern.

Das Hoflicht war diesmal aus. Nur aus einem der Nebengebäude drang schwaches Licht. Es war das, in dem es beim ersten Mal gegackert hatte. Aber jetzt war es dort still. Es war, als hielten sogar die Hühner den Atem an. Es war so still, dass man die nassen Schneeflocken vom Himmel fallen hörte.

»Sieht fast aus, als wäre euer Käufer nicht da«, sagte Pekkas Vater.

»Man soll den Quark nicht loben, bevor das Fass an beiden Enden brennt«, sagte Timo und ging entschlossen auf die Tür des Wohnhauses zu. In dem bisschen Licht, das aus dem Nebengebäude auf den Hof fiel, war er kaum mehr als ein Schatten.

»Das Sprichwort hab ich auch noch nie gehört«, sagte Pekkas Vater.

»Du solltest Lehrer werden«, sagte der Lehrer durchs Seitenfenster. »Da hörst du jeden Tag Sachen, die du noch nie gehört hast.«

Wir folgten Timo in einer dichten Traube, weil niemand auf dem unheimlich stillen Hof allein sein wollte. Anscheinend auch Pekkas Vater nicht.

Timo klopfte ein paarmal, aber das Haus blieb totenstill. Kein Licht ging an, und man hörte auch keine Schritte.

»Lassen wir's und gehen nach Hause zum Abendessen!«, schlug Pekkas Vater vor.

»Klasse Idee!«, riefen wir alle und rannten zum Auto. Pekkas Vater auch.

»Alle angeschnallt?«, fragte er, bevor er das Auto startete.

Natürlich waren wir das. Das heißt, alle außer Timo. Jetzt merkten wir nämlich, dass er gar nicht zum Auto mitgerannt war. Der war doch nicht etwa ...

Wir schauten zur Haustür. Sie stand ein Stück weit offen. Wie ein zahnloser Mund ...

»Und was jetzt?«, fragte Pekkas Vater.

»Dreimal darfst du raten«, sagte der Lehrer und stieg aus.

Wir folgten ihm mit unseren Blicken, wie er nur in der langen Unterhose und mit seinem dicken Pullover den Hof überquerte und vor der offenen Tür stehen blieb. Dann begann er zu rufen:

»Huhu, Timo! Ist da jemand? Huhu!«

»Hört ihr das?«, fragte Pekkas Vater.

»Huhu!«

»Ganz klar, das ist eine Weihnachtseule«, sagte Pekkas Vater.

Da mussten wir lachen, dass das Auto wackelte.

Und als wir aufhörten zu lachen, war der Lehrer auch verschwunden. Das Haus hatte auch ihn verschluckt.

Die Sache war ernst.

»Und was jetzt?«, fragte Pekka.

»Dreimal darfst du raten«, sagte sein Vater.

Aber statt auszusteigen und zur Tür zu gehen wie der Lehrer, fuhr er erst das Auto hinter das stille Nebengebäude mit dem schwachen Licht. Wir vermuteten, um es zu verstecken.

»Ihr wartet hier«, sagte er. »Und wenn ihr nicht bald was von uns hört, rennt ihr los und holt Hilfe.«

Dann erst stieg er aus und ging zum Haus, und wir folgten ihm auch mit unseren Blicken. Wenn das Auto wirklich versteckt sein sollte, war es kein hundertprozentiges Versteck. Durch die Heckscheibe konnten wir noch ein Stück vom Haus und die Tür sehen.

Nachdem er auch eine Weile vor der Tür gestanden und »Huhu!« gerufen hatte, tat Pekkas Vater vorsichtig den ersten Schritt ins Dunkel.

Wir sechs von unserer Clique saßen im dunklen Auto und überlegten, was in dem Haus wohl vor sich ging.

»Ob Timo wohl als Geisel festgehalten wird?«, überlegte Hanna.

»Wahrscheinlich«, vermutete ich. »Und dem Lehrer haben sie von hinten auf den Kopf gehauen, als er Timo befreien wollte.«

»Und als Pekkas Vater ihm zu Hilfe eilen wollte, ist er über ihn drübergestolpert, und sie haben ihn auch einkassiert«, fuhr Tiina fort.

»Aber dann machen wir einen Sturmangriff und finden unter dem Haus einen geheimen Bunker, wo der verrückte Oberboss gerade auf einen roten Knopf drücken und den dritten Weltkrieg auslösen will. Die Uhr tickt schon, und es ist nur noch eine Sekunde Zeit, aber genau da knall ich dem verrückten Oberboss eine vor den Latz, und die Welt ist gerettet«, sagte der Rambo, dessen Eltern vielleicht mal aufpassen sollten, was er immer für Filme schaut.

»Ich muss dann nach Hause«, sagte Mika. »Ihr könnt mir ja morgen erzählen, wie es weitergegangen ist.«

Aber genau da knurrte der Rambo, und er überlegte es sich anders.

»Oder ein bisschen kann ich vielleicht noch bleiben«, sagte er leise.

Und dann schaute Pekka sich im Auto um und entdeckte was.

»He, die haben ja die Eule vergessen!«, sagte er.

Und bevor ihn jemand daran hindern konnte, schnappte er sich die halbe Weihnachtseule vorne vom Armaturenbrett und rannte über den Hof zum Haus, in dessen schwarzer Türöffnung wir ihn gleich darauf verschwinden sahen.

»Na toll«, sagte Hanna. »Und wer will als Nächstes?«

Aber niemand wollte. Jedenfalls niemand von uns. Und schon im nächsten Augenblick sahen wir Autolichter zwischen den Feldern auf das Haus zukommen. Was auch immer in dem Haus vor sich ging, durch das Auto wurde es garantiert noch schlimmer.

Zum Glück stand unser Auto so, dass man es vom ankommenden Auto aus nicht sehen konnte. Trotzdem duckten wir uns, als die Scheinwerfer über den Hof strichen, bevor sie erloschen. Erst da trauten wir uns wieder zu spicken. Es war wieder der Lieferwagen des Gärtners, der auf den Hof gefahren war, und er stand so, dass wir ihn nur von den Hinterrädern bis zu den Türen auf der Rückseite sehen konnten. Zwei Gestalten machten die Türen gerade auf. Dann stieg eine von ihnen in den Lieferwagen hinein und kam mit einem großen, schweren Sack wieder heraus. Die zweite Gestalt nahm den Sack auf die Schulter und trug ihn ins Haus. Die andere stieg noch mal in den Lieferwagen und kam mit einem zweiten Sack heraus. Sie warf ihn sich über die Schulter und verschwand ebenfalls im Haus.

»Was kann in so großen Säcken wohl drin sein?«, flüsterte Hanna.

»Darauf gibt es nur eine Antwort«, sagte Tiina. »Eine Million.«

Schreie in der Nacht

Es ging dann alles ziemlich schnell, obwohl es sich so anfühlte, als dauerte es eine Ewigkeit: Erst trugen der Gärtner und die Blumentante die Säcke ins Haus. Dann hörten wir einen Schrei. Gleich danach hörten wir einen zweiten Schrei, und Timo kam aus dem Haus gerannt. Dann war es einen Augenblick still, bis wieder jemand schrie, und als Nächster kam Pekkas Vater aus dem Haus gerannt. Danach passierte eine Zeit lang nichts, dann schrie wieder jemand, aber es kam niemand aus dem Haus gerannt. Stattdessen hörten wir Sirenengeheul, das schnell näher kam. Zwischen den Feldern sahen wir Scheinwerfer und ein Blaulicht, und kurz darauf bog ein Polizeiauto auf den Hof.

Jetzt war uns klar, was es mit den vier Schreien auf sich hatte: Erst war Timo vor den Millionendieben erschrocken und dann die Millionendiebe vor ihm. Dann war Pekkas Vater vor den Millionendieben erschrocken, aber die Millionendiebe nicht vor ihm. Die erschraken erst, als der Lehrer und Pekka sie gefangen nahmen. Und dann riefen Pekka und der Lehrer die Polizei.

Jetzt stiegen zwei kräftige Polizisten aus dem Polizeiauto. Sie hatten Taschenlampen, mit denen sie den Hof ableuchteten. Erst sahen sie Timo und Pekkas Vater und dann uns, also alle, die im Auto gesessen hatten, weil wir erst aussteigen mussten und als Letzte kamen.

»Wer von euch hat angerufen?«, fragte der erste Polizist, der einen Stoppelhaarschnitt hatte.

»Von uns keiner«, sagte Pekkas Vater.

»Wohnt ihr alle hier?«, fragte der zweite Polizist, der einen Schnurrbart hatte.

»Nein«, sagte Hanna.

»Und warum seid ihr dann hier?«, fragte der stoppelhaarige Polizist.

»Wir wollen eine Weihnachtseule verkaufen«, erklärte Mika.

»Man hat uns nämlich eine Million geklaut«, erklärte Tiina.

»Und der Gärtner war's«, erklärte Hanna.

»Weil er ausgestorbene Bäume pflanzen will«, erklärte ich.

»Die Diebe mit den Säcken sind da drin«, erklärte Timo.

»Und gleich hätten sie den roten Knopf gedrückt«, erklärte der Rambo.

»Aber Pekka und der Lehrer haben sie im letzten Moment gefangen genommen«, fügte ich hinzu.

»Und die Welt ist gerettet«, schloss Timo die Erklärung ab.

»Aha«, sagte der zweite Polizist und zwirbelte seine Schnurrbartspitzen.

»Der Fall ist sonnenklar«, sagte der andere und strich sich über seine Stoppelhaare. »Eine Weihnachtseule pflanzt ausgestorbene Bäume und ist hinter einem Gärtner her, der eine Million geklaut hat, richtig?«

»Nicht ganz«, sagte der schnurrbärtige Polizist. »Du hast den roten Knopf vergessen. Und die Diebe haben eine Million Weihnachtseulen geklaut und sie mit Pekka und dem Lehrer in Säcke gesteckt. Der Gärtner sitzt seitdem verängstigt hinterm Haus.«

»Und der rote Knopf?«

»Der ist das Erkennungszeichen.«

»Scheint, wir haben es mit einer Belagerung zu tun«, vermutete der Polizist mit den Stoppelhaaren.

»Ich schlage einen Überraschungsangriff vor«, sagte der mit dem Schnurrbart.

Aber sie kamen gar nicht mehr dazu, überraschend anzugreifen. Denn auf einmal stand die Blumentante in der Tür und winkte den Polizisten, dass sie kommen sollten. »Hierher!«, rief sie. »Wir haben einen Einbrecher gefangen.«

Wir wunderten uns. Das verstanden wir jetzt nämlich gar nicht.

Wir wunderten uns noch mehr, als wir hinter den Polizisten das Haus betraten, in dem jetzt überall Licht brannte. Pekka saß in der Küche vor einem Glas Milch und einem Stück Hefezopf. Und der Gärtner stand vor einer Tür, die in ein anderes Zimmer führte. Nur der Lehrer war nirgendwo zu sehen. Aber von irgendwoher hörten wir ein Rumpeln und erstickte Hilferufe.

»Da drin steckt ihr ganzer neuer Reichtum«, sagte Timo und zeigte auf die zwei großen Säcke in der Ecke.

»Woher weißt du das?«, fragte der Gärtner überrascht.

»Haben Sie gehört? Das war ein Geständnis«, sagte Hanna zu dem Polizisten. »Nehmen Sie die zwei fest!«

»Wen?«, fragte der schnurrbärtige Polizist.

»Den Gärtner und die Blumentante«, sagte Hanna und zeigte auf die beiden.

»Unsinn, den Einbrecher im Schlafzimmer müssen Sie festnehmen«, sagte der Gärtner und zeigte auf die Tür, vor der er stand. »Ich hab ihn in den Kleiderschrank gesperrt.«

»Könnte mir bitte jemand alles noch mal von vorn erklären?«, fragte der Polizist mit den Stoppelhaaren.

Das machten natürlich alle gern, es war dann nur ein bisschen kompliziert.

Timo erzählte, wie er gemerkt hatte, dass die Haustür nicht abgeschlossen war, und dann reinging, um die Million zu suchen, die der Gärtner und die Blumentante entweder im Keller oder auf dem Speicher versteckt haben mussten. Auf dem Weg vom Speicher in den Keller hatte er dann gehört, dass die Diebe gerade erst mit der Beute nach Hause kamen. Gleich darauf hatte er noch zwei fürchterliche Schreie gehört und war aus dem Haus gerannt.

»Dann hast *du* gar nicht geschrien?«, fragte ich ihn.

»Nein«, sagte Timo.

Daraufhin erzählte Pekkas Vater, wie er ins Haus gegangen war, um Timo und den Lehrer zu suchen, aber keinen von beiden gefunden hatte. Plötzlich waren da Schritte gewesen, und er hatte gerade zur Tür gehen wollen, um alles aufzuklären, als er zwei fürchterliche Schreie hörte und gleich danach noch einen dritten. Da war er vor Schreck aus dem Haus gerannt.

»Dann hast *du* auch nicht geschrien?«, fragte ihn Hanna.

»Nein«, sagte er.

Und dann erzählte Pekka, wie er ins Haus gegangen war, um endlich die Weihnachtseule zu verkaufen. Es war aber niemand da, also hatte er sich im Dunkeln an den Küchentisch gesetzt und gewartet, und irgendwann waren die Blumentante und der Gärtner gekommen, hatten Licht gemacht und ihm Milch und Hefezopf angeboten.

»Dann hast *du* auch nicht geschrien?«, fragte Mika.

»Nein«, sagte Pekka.

»Aber hast du wenigstens die Schreie gehört?«, fragte ich.

»Logisch«, sagte Pekka. »Aber ich dachte, es ist ein Gespenst.«

»Und da bist du nicht erschrocken?«, fragte Hanna.

»Ich glaub nicht an Gespenster«, sagte Pekka.

Danach erzählten der Gärtner und die Blumentante, wie sie nichtsahnend in ihr Haus gekommen waren, als sie kurz hintereinander zwei Schreie hörten und gleich darauf irgendwas Kleines an ihnen vorbeiflitzte. Danach hatten sie einen dritten Schrei gehört, und irgendwas Großes war an ihnen vorbeigeflitzt. Schließlich hatten sie einen vierten Schrei gehört und ein unheimliches Rumpeln im Schlafzimmer.

»Ich bin reingerannt und hab gemerkt, dass das Rumpeln aus dem Kleiderschrank kommen muss. Da hab ich die Schranktüren schnell mit einem Stuhl festgeklemmt«, erzählte der Gärtner.

»Danach haben wir dann angerufen«, erklärte die Blumentante den Polizisten.

»Und Pekka in der dunklen Küche gefunden«, erklärte der Gärtner.

»Dann kommt das mit der Milch und dem Hefezopf«, erklärte Pekka.

»Und von Ihnen beiden hat auch keiner geschrien?«, vergewisserte sich der schnurrbärtige Polizist bei dem Gärtner und der Blumentante.

Die beiden schüttelten den Kopf.

»Seltsam«, wunderte sich der Polizist mit den Stoppelhaaren.

»Überhaupt nicht«, sagte der mit dem Schnurrbart. »Die Sache ist ganz einfach: Es muss die Eule gewesen sein, die geschrien hat.«

»Genial«, sagte der Stoppelhaarige.

»Ich mache nur meine Arbeit«, sagte der Schnurrbärtige bescheiden.

»Wenn Sie vielleicht doch mal in den Kleiderschrank schauen würden?«, meldete sich da der Gärtner zu Wort.

Kurz darauf standen wir alle zusammen davor. Von drinnen hörte man es klopfen und immer noch rumpeln. Es sah aus, als würden sich die beiden Türen des Schranks abwechselnd nach außen verbiegen, aber der Stuhl, der unter den Griffen klemmte, hielt den Angriffen stand.

Die Polizisten bauten sich jeder vor einer Tür auf. Wir anderen traten einen Schritt zurück.

»Sollen wir nicht lieber das Einsatzkommando anfordern?«, flüsterte der Stoppelhaarige, der sich ein bisschen besorgt anhörte.

»Nicht nötig, ich hab einen Kurs in Psychologie gemacht«, sagte sein schnurrbärtiger Kollege. Dann rief er:

»Hier spricht die Polizei! Der Schrank ist umstellt! Kommen Sie heraus und halten Sie die Hände so, dass wir sie sehen können!«

Der Kleiderschrank beruhigte sich auf der Stelle. Die Polizisten schauten einander an. Der mit dem Schnurrbart lächelte. Der Stoppelhaarige hielt beide Daumen in die Höhe.

»Und keine Tricks! Kommen Sie langsam heraus!«

»Das versuche ich ja die ganze Zeit. Was soll der Unsinn?«, rief es aus dem Schrank.

Und natürlich kannten wir die Stimme.

»Niemand macht hier Unsinn! Wir machen nur unsere Arbeit!«, rief der stoppelhaarige Polizist beleidigt.

»Gleichfalls!«, rief der Lehrer aus dem Schrank.

»Tatsächlich?«, wunderte sich der schnurrbärtige Polizist. »Und was wäre das für eine Arbeit in anderer Leute Schlafzimmerschrank?«

»Ich unterrichte!«, rief der Lehrer.

»Tatsächlich?«, wunderte sich jetzt der stoppelhaarige Polizist. »Ihr Klassenzimmer erscheint uns aber ein bisschen klein. Wen unterrichten Sie denn so?« Dann zwinkerte er uns zu und flüsterte: »Kleingruppenunterricht wahrscheinlich ...«

»Im Augenblick unterrichte ich gar niemanden!«, rief der Lehrer. »Aber der mich hier eingesperrt hat, kann sich schon mal auf eine Lektion gefasst machen!«

Die beiden Polizisten schauten einander wieder an. Sie schienen ein bisschen verunsichert. Aber dann nickten sie einander zu. Der Schnurrbärtige ging in Karatestellung, während der Stoppelhaarige den Stuhl wegzog und beide Türen des Schranks gleichzeitig öffnete.

Jetzt schienen die Polizisten ein bisschen überrascht – fast so überrascht wie die Blumentante und der Gärtner, aber lange nicht so überrascht wie der Lehrer, der in langer Unterhose und Pullover zwischen den fremden Kleidern stand.

»Es ist nicht so, wie es aussieht«, sagte er. »Ich kann alles erklären.«

»Sie meinen, es ist nicht so, dass Sie in Unterhose und Pullover in unserem Schlafzimmerschrank stehen?«, wollte der Gärtner wissen.

»Ich meine … Ich meine nicht … Das hier … Ich verkaufe eine Weihnachtseule«, sagte der Lehrer.

»Schon wieder eine Eule«, seufzte der schnurrbärtige Polizist.

»Den Rest der Erklärung können Sie sich für die Wache aufsparen«, sagte der mit den Stoppelhaaren und packte den Lehrer am Arm.

»Aber bis dahin hab ich ihn vielleicht vergessen«, sagte der Lehrer, als der schnurrbärtige Polizist seinen anderen Arm packte.

»Dann müssen Sie eben nachsitzen«, lachte der stoppelhaarige Polizist.

Und da kam Hanna.

»Halt!«, rief sie.

Sie hatte sich heimlich rausgeschlichen und kam mit einem der Säcke zurück. Er war so schwer, dass sie ihn über den Fußboden schleifen musste.

»Das hier erklärt alles. Sehen Sie, was hier drin ist!«, sagte sie zu den beiden Polizisten.

Dann hielt sie den Sack an den unteren Ecken fest und drehte ihn um. Alles, was drin war, fiel jetzt raus. Es war eine ganze Menge.

»Tannenzapfen?«, wunderte ich mich.

»Der Fall wird immer klarer«, sagte der schnurrbärtige Polizist.

Dann führten sie den Lehrer ab.

»Das Alter schützt den Mohren nicht, und wer nicht hören will, muss spülen«, seufzte Timo.

Timo

Die Polizisten konnten dann doch alles aufklären, und der Lehrer musste auch nicht nachsitzen. Es hätte uns auch gewundert, wenn ausgerechnet er alles vergessen hätte.

Als Erstes kam heraus, dass er es war, der viermal geschrien hatte. Das erste Mal war er im Flur vor seinem eigenen Spiegelbild erschrocken. Dann war er vor Timo erschrocken, als der die Treppe runtergerannt kam. Als Nächstes war er vor Pekkas Vater erschrocken und zum Schluss vor dem Gärtner und der Blumentante. Danach hatte er sich dann im Kleiderschrank versteckt, weil er dachte, dass es in dem Haus spukt. Im Gegensatz zu Pekka glaubt der Lehrer anscheinend an Gespenster.

Als Zweites kam heraus, dass der Lehrer tatsächlich ein Lehrer war. Die Polizisten glaubten es ihm, als seine Frau mit den zwei Kindern kam, um ihn abzuholen. Die Frau des Lehrers wunderte sich natürlich auch, dass ihr Mann nur in Unterhose und Pullover in anderer Leute Schrank stand, aber Pekkas Vater konnte bezeugen, dass es nur wegen dem Kanister mit dem

Scheibenwaschmittel war, und am Dachgepäckträger seines Autos hing ja auch noch die richtige Hose. Inzwischen war sie nur festgefroren und taute wahrscheinlich erst im Frühling wieder auf.

»Ich verstehe«, sagte die Frau des Lehrers zu den Polizisten. »Wissen Sie, mein Mann tut sich mit manchen Dingen ein bisschen schwer, aber er ist kein schlechter Mensch.«

Als Drittes kam dann heraus, dass der Gärtner und die Blumentante Tannenzapfen sammelten, um aus den Samen neue Schösslinge zu ziehen. Die wollte der Gärtner verkaufen, um nach und nach das Geld für seinen Riesengarten zusammenzubekommen. In den zwei Säcken steckte tatsächlich ihr ganzer neuer Reichtum, es war eben erst noch ein kleiner.

Zum Schluss kam also heraus, dass der Gärtner und die Blumentante nicht die Millionendiebe waren und auch keine Komplizen. Sie waren nur verheiratet.

Der Lehrer kam dann mit einer Geldstrafe davon, und auch nur wegen Drohungen gegen die Staatsgewalt. Er hatte den Polizisten gedroht, die ganze Wache nachsitzen zu lassen, wenn noch einmal jemand über seine Unterhose lachte. Die Polizisten fanden das gar nicht lustig, weil Nachsitzen in den Dienstvorschriften für Polizisten angeblich nicht vorgesehen war. Für die Geldstrafe reichte genau der Betrag, der beim Basar zusammengekommen war. Es sah ganz so aus, als würde der Raum für die Bastelsachen in unserer Schule weiter leer bleiben.

»Jetzt ist alles rausgekommen, nur nicht, wer uns den Lottoschein geklaut hat«, seufzte Hanna, als wir alle wieder in unserem Versammlungsbus hinten auf dem Hof des Lehrers saßen.

Wir warteten, dass Timo was dazu sagte. Wir hofften, dass er einen neuen Plan hatte, der uns vielleicht doch noch auf die Spur des Millionendiebes brachte. Aber Timo war ganz still und malte mit dem Finger Muster auf die beschlagene Windschutzscheibe, als hätte er gar nicht gehört, was Hanna gesagt hatte. Ich fand, dass Timo jetzt schon ganz schön lange so seltsam war. Es war, als machte er sich über irgendetwas richtig große Sorgen.

»Und du hast bestimmt überall gesucht?«, wollte Tiina von Pekka wissen.

»Hab ich«, sagte Pekka.

»Du hast den Schein nicht irgendwo hingesteckt und dann vergessen?«, ließ Tiina nicht locker.

»Hab ich nicht«, sagte Pekka.

»*Was* hast du nicht: ihn irgendwohin gesteckt oder dann vergessen?«

Tiina ist echt die Hartnäckigste von uns allen.

»Keine Ahnung. Und wenn ich ihn vergessen hätte,

könnte ich mich sowieso nicht dran erinnern«, sagte Pekka und drehte uns trotzig den Rücken zu.

Die Stimmung im Bus war echt nicht gut. Sie war mindestens genauso eisig wie draußen das Wetter.

»Wir sollten Ruhe bewahren«, sagte ich. »Es nützt ja nichts, wenn wir uns gegenseitig beschuldigen.«

»Find ich gar nicht«, sagte Hanna motzig. »Vielleicht würde das gerade was nützen.«

»Wie meinst du das?«, fragte ich.

»Vielleicht suchen wir den Dieb ja viel zu weit weg«, sagte Hanna.

Ihre Worte schwebten in der Luft wie eine kalte Nebelwolke, unter der sich alle duckten. Wir trauten uns kaum noch, einander in die Augen zu schauen.

»Es kann unmöglich einer von uns sein«, sagte Tiina entsetzt.

»Warum denn nicht? – Du hast übrigens eine schicke neue Mütze«, sagte Hanna.

»Danke«, sagte Tiina. Erst freute sie sich über das Kompliment, aber auf einmal verdüsterte sich ihr Gesicht. »Die hab ich von meiner Patentante. Du glaubst doch wohl nicht ...«

»Ich glaube gar nichts«, sagte Hanna finster.

»Genauso gut könnte es Mika sein. Wer sagt uns denn, dass er nicht längst ein nagelneues Batmobil in der Garage stehen hat?«, verteidigte sich Tiina.

»Kann sein, kann nicht sein – Batman behält seine Geheimnisse für sich«, sagte Mika.

So fing es an, und es war fürchterlich. Alle verdächtigten alle. Tiina verdächtigte Mika wegen des Batmobils, und Mika verdächtigte mich, dass ich in Wirklichkeit Catwoman sei. Ich verdächtigte uns alle, dass wir in Wirklichkeit unverdächtig waren, aber Hanna fand, wer so was sage, mache sich gerade verdächtig. Pekka verdächtigte uns alle, dass wir auf einmal einen an der Waffel hätten, und der Rambo verdächtigte alle außer sich selber und wollte schon mal jedem von uns die Nase im Gesicht umdrehen, dass es oben reinschneit. Nur Timo war die ganze Zeit still, und bisher hatte ihn auch noch niemand verdächtigt.

»Warum sagst du nichts?«, fragte Hanna.

»Und wieso hast du keinen neuen Plan?«, fragte Tiina.

»Du hast uns nicht mal erzählt, was du mit deiner siebtel Million machen willst«, erinnerte sich Mika.

»Weil er die ganze Zeit damit beschäftigt war, über Spuren nachzudenken, die uns zu dem Dieb führen könnten«, verteidigte ich ihn.

»Stimmt«, sagte Hanna. »Aber vielleicht war das ja alles nur Bluff. – Wer ist von uns allen nämlich der Klügste und der Schlauste?«

»Timo«, antworten wir im Chor.

»Wer kann am weitesten zählen?«

»Timo.«

»Wer hat trotzdem behauptet, dass er keine Million durch sieben teilen kann?«

»Timo.«

»Und wer ist schon eine ganze Weile anders als sonst?«

»Timo.«

Alle schauten Timo an, der auf seinem Sitz herumrutschte, dass er mir richtig leidtat. Die Stille wurde immer schwerer und bedrückender. Timos Gesicht färbte sich rot, und er blickte um sich, als suchte er einen Fluchtweg. Es war derselbe Blick, der mir jetzt schon so oft an ihm aufgefallen war.

»Wollt ihr wissen, warum mir die Million so wichtig war?«, fragte er.

Wir warteten.

»Weil mein Vater seit Anfang Dezember keine Arbeit mehr hat. Also haben wir dieses Jahr kein Geld für Weihnachten. Mit dem Lottogewinn hätten wir Weihnachten trotzdem feiern können. Seid ihr jetzt zufrieden?«, zischte Timo.

Dann kletterte er aus dem Bus.

Wir anderen blieben noch eine Weile sitzen, aber niemand wollte mehr was sagen. Dann ging einer nach dem andern, ohne sich zu verabschieden. Nur ich blieb noch in dem düsteren Bus sitzen. Meine Stimmung war so finster wie das Weltall.

Millionenfieber

In der Schule war es traurig, obwohl schon in ein paar Tagen die große Weihnachtsfeier war. Der Lehrer tat sein Bestes, um uns in Weihnachtsstimmung zu bringen, aber uns gingen andere Dinge durch den Kopf.

»Pekka, Hanna, geht bitte die Blockflöten holen!«, bat der Lehrer, aber keiner von beiden rührte sich. Sie schauten einander nur böse an.

Hanna fand seit Neuestem, dass Pekka schlauer war, als er aussah. Vielleicht hatte er ja die ganze Zeit nur so getan, als wäre er ein Dödel, und in Wirklichkeit hatte er das große Ding geplant, das ihm jetzt endlich gelungen war.

Pekka fand Hannas Idee gar nicht so daneben.

»Na schön, dann holen Tiina und Mika die Blockflöten!«, bestimmte der Lehrer.

Aber Tiina weigerte sich, weil sie fand, dass Mika sich nicht erst in letzter Zeit verdächtig benahm. Da war nämlich auch noch seine Mutter, die schon immer ganz genau wissen wollte, wo er war und was wir zusammen machten. Sie spionierte uns also schon länger nach. Wahrscheinlich war die ganze Familie eine einzige

Verbrecherbande, die sich jetzt auch unsere Million unter den Nagel gerissen hatte.

Mika wollte aber auch nicht mit Tiina gehen, weil Tiina ein Mädchen war und ihm Mädchen schon länger nicht geheuer waren.

»Timo und Ella, dann seid wenigstens ihr vernünftig!«, seufzte der Lehrer. Aber wir waren es nicht.

Timo nahm es uns immer noch übel, wie wir ihm sein Geheimnis entlockt hatten, und wollte nichts mehr mit uns zu tun haben.

Und ich selbst wollte nicht gehen, weil ich ein schlechtes Gewissen hatte. Ich hatte ein schlechtes Gewissen, weil ich viel früher hätte merken müssen, was mit Timo los war. Viel früher.

Den Rambo fragte der Lehrer erst gar nicht. Von seinem Tisch her war schon den ganzen Morgen ein leises Knurren zu hören. Wahrscheinlich gab er uns allen die Schuld daran, dass es jetzt mit seinen schlecht verdrießlichen Wetterpapieren und den Akten und allem nichts wurde und er vielleicht ein Leben lang mit Boxhandschuhen herumlaufen musste. Dabei fand ich, dass ihm die Boxhandschuhe standen, vor allem der eine mit dem blauen Schleifchen.

Am Ende ging der Lehrer die Blockflöten selbst holen. Wir saßen so lange mucksmäuschenstill in der Klasse. Es war ganz komisch. Ich konnte mich nicht erinnern, dass so eine Stille schon mal vorgekommen war, jedenfalls nicht, wenn uns der Lehrer keine Extraaufgaben gegeben hatte. Früher hätten wir uns jetzt was ausgedacht. Vielleicht hätten wir dem Lehrer schon mal ein Weihnachtsgeschenk eingepackt. Zum Beispiel Pekka, damit der Lehrer auch in den Weihnachtsferien jemanden zum Unterrichten hatte.* Oder wir hätten uns Sorgen gemacht und wären ihn suchen gegangen, und wenn er zurückgekommen wäre, hätte er uns auch gesucht und eine Lautsprecherdurchsage gemacht, und die Direktorin hätte die Durchsage gehört und sich auch Sorgen gemacht und wäre den Lehrer suchen gegangen ...

Aber so saßen wir nur in der Klasse und schauten auf die Uhr über der Tür. Wenn der Minutenzeiger weiterrückte, hörte es sich wie ein Kanonenschuss an.

Dann kam der Lehrer zurück und teilte die Blockflöten aus.

»Ich kann nicht spielen, ich hab Bauchschmerzen«, sagte Hanna.

Dann packte sie ihre Sachen ein und ging nach Hause.

»Ich auch nicht, ich hab Kopfschmerzen«, jammerte Tiina.

Dann packte sie auch ihre Sachen und ging.

* Das ist wirklich schon mal vorgekommen und steht in »Ella und der Neue in der Klasse«.

»Ich hab bestimmt schon wahnsinnig Fieber«, sagte Mika mit zittriger Stimme.

»Und ich muss gleich kotzen«, murmelte Timo.

»Halsschmerzen«, krächzte der Rambo und hörte wenigstens zu knurren auf.

Dann packten auch die drei ihre Sachen und gingen.

Jetzt waren nur noch Pekka und ich übrig.

»Schade«, sagte der Lehrer.

Dann spielte er das Lied vom fliegenden Fischauflauf auf der Blockflöte. In Moll. Es hörte sich so traurig an, dass ich weinen musste.

»Vielleicht ist es am besten, wenn ihr beiden auch nach Hause geht«, sagte der Lehrer. »Sieht fast so aus, als hätten wir's mit einer Epidemie zu tun.«

Der Lehrer hatte vollkommen recht. Es war eine Epidemie. Wir hatten alle dieselbe Krankheit: Millionenfieber.

Krümel und Klümpchen

Der Lancashire Heeler. Ich schaute mir das Bild bestimmt schon zum hundertsten Mal an. »Ein kleiner, kräftiger und wacher Hund. Mutig, fröhlich und anhänglich.« So stand es in dem Buch, und der Hund auf dem Foto guckte mich mit schräg geneigtem Kopf aus warmen braunen Augen an. Er sah so unternehmungslustig aus. »Sein starker Charakter, seine Lebhaftigkeit und seine Bereitschaft, sein Rudel, also auch seine Menschen, zu verteidigen, setzen eine gute Erziehung und Schulung voraus.«

Ich klappte das Buch zu, aber das Bild von dem Hund ging mir trotzdem nicht aus dem Kopf. Ich hatte es mir schon so oft angeschaut, dass es sich wahrscheinlich für immer eingebrannt hatte. Krümel oder Klümpchen. Mir war, als hörte ich schon ein leises Hecheln. Vielleicht suchte mich mein anhängliches Hündchen schon. Ich konnte schon fast spüren, wie es mir die Hand leckte, die ich über die Bettkante hängen ließ.

Auf meinem Schreibtisch stand ein Pappkästchen mit Schubladen für Schmuck und andere kleine Sachen. In der obersten Reihe hatte das Kästchen vier kleine Schubladen, in der Reihe darunter drei größere und in der untersten Reihe zwei noch größere. Der Lottoschein war in der linken Schublade in der obersten Reihe. Er lag dort, seit ich ihn auf dem Boden unseres Busses gefunden hatte, wo Pekka ihn verloren hatte, als er die Hose ausziehen wollte. Als ich als Letzte gegangen war und noch ein bisschen aufgeräumt hatte, war das gewesen.

Erst hatte ich nur warten wollen, bis Pekka den Schein vermisst, und ihn dann zurückgeben. Aber als es dann so weit gewesen war, hatte ich kein Wort rausgekriegt. Ich hatte immer nur das Hündchen gesehen, das mich mit dem niedlich schräg geneigten Kopf anguckte und die großen Ohren aufstellte, als wollte es mit mir spielen. Mein mutiges, fröhliches, anhängliches Hündchen.

Natürlich hatte ich niemals alles für mich behalten wollen. Mir war es nur um das Hündchen gegangen. Darum, dass ich es auch wirklich bekam. Solche Hunde sind nämlich richtig teuer, und ich war mir nicht sicher gewesen, ob eine Million für alles reichen würde, was die anderen sich wünschten, *und* dann noch für den Hund. Und ich wollte ihn doch so sehr!

Jetzt wollte ich nur noch, dass alles wieder wurde wie früher. Dass wir alle wieder Freunde waren. Obwohl das vielleicht gar nicht mehr möglich war. Ich war mir sicher, dass die anderen echt sauer wurden, wenn sie erfuhren, was ich angestellt hatte. Davor hatte ich ganz schön Bammel. Trotzdem musste ich mich trauen. Ich musste den Schein zurückgeben. Dann konnte wenigstens für die andern wieder alles werden wie früher.

Eine Weile hatte ich nur an mich selbst gedacht, aber was Timo gesagt hatte, hatte mir die Augen geöffnet. Obwohl ich mich da auch noch nichts zu sagen getraut hatte. Die Angst um meine Freunde hatte mich davon abgehalten. Die Angst, sie zu verlieren. Seine Freunde zu verlieren ist noch viel schlimmer, als keinen Hund zu bekommen. Eine Million Mal schlimmer. Trotzdem musste ich mich trauen.

Und dann erzählte ich ihm alles

Es war schwer, eine Sitzung abzuhalten, zu der niemand kommen wollte und auf die man selbst eigentlich auch keine Lust hatte. Auf einmal hatten alle Wichtigeres zu tun:

Tiina musste angeblich Hausaufgaben machen, obwohl am nächsten Tag der letzte Schultag vor den Weihnachtsferien war.

Hanna hatte es angeblich eilig, Weihnachtsgeschenke einzupacken, obwohl ich wusste, dass die praktische Hanna das schon im Oktober gemacht hatte.

Mika behauptete, Batman sei auch ein bisschen in Eile. Angeblich waren überall gefährliche Weihnachtswichtel unterwegs.

Timo kam nicht mal an die Tür, als ich bei ihm klingelte, und der Rambo knurrte mich durch den Briefschlitz an.

Nur Pekka kam mit, weil er angeblich nichts anderes vorhatte.

Wir saßen also zu zweit im Versammlungsbus hinten auf dem Hof des Lehrers. Pekka und ich.

»Wo sind die andern?«, fragte Pekka.

Ich erklärte es ihm.

»Du meinst, es geht immer noch um die lächerliche Million?«, wunderte er sich.

Ich nickte.

»Als ob die Welt keine größeren Sorgen hätte«, sagte Pekka.

»Zum Beispiel?«, fragte ich, weil es mich echt interessierte.

Gab es wirklich noch größere Sorgen? In mir keimte eine letzte kleine Hoffnung, dass es vielleicht welche gab, die alles andere unter sich begruben. Auch das, was ich getan hatte.

»Ich mach mir zum Beispiel Sorgen, dass es immer noch nicht richtig schneit, obwohl es bis Heiligabend nur noch vier Tage sind«, sagte Pekka.

»*Das* ist deine größte Sorge?«, fragte ich verwundert.

»Ich hab mir doch zu Weihnachten einen Motorschlitten gewünscht«, sagte er.

»Verstehe.«

Meine letzte kleine Hoffnung hatte sich in Luft aufgelöst. Übrig war nur noch der verflixte Lottoschein und als meine Rettung höchstens noch der Weltuntergang.

»Und was ist *deine* größte Sorge?«, fragte Pekka.

Erst traute ich meinen Augen nicht. Dann sah ich es ganz genau: Pekka schaute mich anders an als sonst. Er hielt den Kopf schräg geneigt, und seine Augen guckten warm und unternehmungslustig. Er wirkte klein, kräftig, wach, mutig, fröhlich und anhänglich. Genau wie das Hündchen, das ich nie bekommen würde. Da musste ich weinen.

Und dann erzählte ich ihm alles.

Hinterher gab ich ihm den Lottoschein, und er drehte ihn lange zwischen den Fingern. Er sah erst ein bisschen verwirrt aus, aber dann sehr konzentriert. Wenn ich ihn nicht gekannt hätte, hätte ich geschworen, dass er einen schlauen Plan ausheckte. Das war natürlich Unsinn. Ausgerechnet Pekka. Wo mir doch selbst nichts Schlaues mehr eingefallen war.

»Gib ihn Timo! Er wird wissen, was zu tun ist«, sagte ich.

»Ich hab einen Plan«, sagte Pekka nach einem Augenblick der Stille.

»Du?«, rutschte es mir heraus.

»Ja. Vertrau mir! Alles kommt in Ordnung. Wir sehen uns morgen in der Schule bei der Weihnachtsfeier!«

Dann grinste er und rannte los.

»Pekka!«, rief ich ihm ängstlich hinterher. »Ich wär dir dankbar, wenn du den Schein nicht wieder verlierst!«

Pekka wedelte mir damit zu.

»Pekka!«, rief ich noch mal. »Danke!«

Aber das hörte er schon nicht mehr.

Das Weihnachtswunder

Die Weihnachtsfeier auf dem Schulhof fand im Schein zweier Kerzen statt. Die Stimmung war feierlich. Oder sie wäre feierlich gewesen, wenn es mehr als die zwei Kerzen gegeben hätte. Mehr als zwei Kerzen gab es sonst schon deshalb, weil ja am großen Weihnachtsbaum auf dem Schulhof welche brannten. Aber dieses Jahr nicht. Die Weihnachtssachen waren auch alle.

»Da unserer Schule das Geld fehlt, mussten wir uns bei der Planung der diesjährigen Feier leider etwas einschränken«, entschuldigte sich die Direktorin in ihrer Weihnachtsansprache.

Nach ihr führten die Erstklässler einen Weihnachtswichteltanz auf. Warum keiner der Wichtel einen Bart hatte, wussten wir alle nur zu gut.

Im Weihnachtsstück, das die Drittklässler aufführten, hatte dann der Weihnachtsmann seinen Bart verloren und konnte ihn nicht wiederfinden. Da machten ihm seinen bartlosen Helferwichtel einen neuen aus einer weißen Plastiktüte, die sie ihm an den Grifflöchern an die Ohren hängten.

Als Preis für besondere Leistungen wurde die halbe

Weihnachtseule mit dem einen Auge vergeben, die Pekka aus dem Durcheinander im Haus des Gärtners und der Blumentante gerettet hatte. Ausgezeichnet wurde in diesem Jahr die Direktorin für besondere Leistungen auf dem Gebiet der Sparsamkeit, und überreicht wurde der Preis von unserem Lehrer.

»Das heute ist nicht meine Schuld«, sagte die Direktorin, als der Lehrer ihr die Eule gab. »Wenn du dich beschweren willst, geh zum Schulamt und sag ihnen, die Gemeinde gibt mehr Geld fürs Silvesterfeuerwerk aus als für den ganzen Jahresbastelbedarf der Schule!«

Die Direktorin redete ganz leise, aber wir hörten es trotzdem alle, weil der Lehrer das Mikrofon nicht ausgeschaltet hatte.

Normalerweise hätten wir über so was lachen müssen, aber diesmal nicht. Wir warfen uns nicht mal Blicke zu. Das heißt, ich versuchte, Pekka einen Blick zuzuwerfen, aber ich konnte ihn nirgends sehen. Ich schloss daraus, dass aus dem schlauen Plan, den er ausgeheckt hatte, nichts geworden war. Aber wirklich überraschen konnte mich das nicht. Auch wenn man ihn mochte, der Typ, der am Ende alles zum Guten wendet, war er normalerweise nicht.

Und plötzlich wurde mir etwas klar: So traurig, wie die anderen dreinschauten, konnte ihnen Pekka noch nichts von dem wiedergefundenen Lottoschein erzählt haben. Hatte er etwa ... Mir wurde mitten im kalten Dezember heiß. Was hatte Pekka noch mal mit seinem Anteil machen wollen? Eine neue Mutter kaufen! Es traf mich wie ein Keulenschlag. Hundewelpen waren teuer – aber längst nicht so teuer wie Mütter! Ich schaute zu Pekkas alter Mutter, der Direktorin, die heute wirklich alt und müde aussah. Und ich sah Pekka vor mir, ihn und seine nagelneue Mutter, wie sie irgendwo mit einem nagelneuen Motorschlitten durch den Schnee bretterten. Irgendwo ganz weit weg.

Und dann wunderten sich alle auf dem Schulhof, dass die Weihnachtsfeier schon zu Ende sein sollte. Es fühlte sich an, als wäre Schluss, wo es noch gar nicht richtig angefangen hatte. Die Direktorin wünschte noch allen frohe Weihnachten, dann saßen wir auf unseren Klappbänken und warteten, ob nicht doch noch was passierte. Die Erde auf dem Schulhof und die Wiese hinter der Schule glänzten noch vom Schneeregen in der Nacht zuvor, und wir warteten. Mit der Weihnachtsfeier sollte die Schule enden und Weihnachten anfangen. Die Schule war zu Ende, aber wo blieb Weihnachten?

Das fragte ich mich noch, da hörte ich es brummen und dachte erst, es wäre ein Motorschlitten und Pekka käme, um uns seine neue Mutter vorzuführen. Aber es war kein Motorschlitten. Es waren zwei Flugzeuge. Sie kamen übers Dach der Schule, und wir konnten sie erst sehen, als sie schon über uns waren. Dann quollen hinten aus den Flugzeugen plötzlich weiße Wolken heraus. Ich kriegte schon einen Schreck, weil ich dachte, es wäre was kaputt, aber die Flugzeuge flogen ganz normal weiter und waren bald nicht mehr zu sehen.

»Das war's dann wohl. Schöne Weihnachtsferien!«, sagte der Lehrer und wollte schon gehen, als er noch einmal stehen blieb, weil die erste große weiße Flocke auf seiner Schulter landete. Und dann landete schon die zweite. Und dann noch zehn. Und hundert. Und tausend. Und eine Million. Überall auf dem Schulhof regnete es auf einmal große, weiche, wunderbar weiße Schneeflocken. Außer dass es keine Schneeflocken waren.

»Watte?«, wunderte sich der Lehrer und betrachtete eine Flocke, die er sich aus den Haaren gepflückt hatte.

Aber uns Kindern war es egal, dass vom Himmel Watte fiel statt Schnee. Auf einmal war alles weiß, und alle hüpften und kreischten und sausten durch die Gegend, um so viel Watte aufzufangen, wie sie nur erwischen konnten. Es regnete immer noch welche, und nur allmählich wurde es weniger. Aus den Augenwinkeln sah ich, wie Hanna einen Armvoll aufhob und Tiina in den Kragen stopfte. Mika und der Rambo versuchten, große Wattekugeln zu rollen, und sogar Timo fing Flocken mit der Hand und pustete sie wieder in die Luft. Die Wichtel aus der Ersten und Dritten machten sich Wattebärte, und der Weihnachtsmann sah aus, als hätte er seinen doch noch gefunden.

»Weiß jemand, was das zu bedeuten hat?«, fragte die Direktorin den Lehrer.

»Wahrscheinlich spielt das Klima endgültig verrückt«, vermutete der Lehrer.

»Dann wäre der Klimawandel wenigstens für die Bastelmaterialien gut«, überlegte die Direktorin.

»Du nimmst mir die Watte aus dem Mund«, scherzte der Lehrer.

Und genau da leuchtete am Himmel die erste Rakete auf. Sie war groß und rot, wie es sich für ein Weihnachtsfeuerwerk gehört. Gleich darauf leuchteten noch mehr Raketen, und alle waren genauso groß und rot. Statt Watteflocken regnete es jetzt Blumen und Sterne. Wir standen mit den Köpfen im Nacken und einem roten Leuchten in den Gesichtern auf dem Schulhof und schauten dem Blumen- und Sternenregen zu. Sogar ich vergaß dabei für einen Augenblick alle meine Sorgen.

Nach dem letzten großen Knall hörten wir dann Musik. Sie kam vom Schulparkplatz. Dort stand ein großer Lkw, der vorgefahren sein musste, während wir dem Feuerwerk zuschauten. Die Plane war auf einer Seite hochgeklappt, und drinnen saß wie auf einer Bühne ein Symphonieorchester und spielte »Stille Nacht«. Es war so schön! Wir sangen natürlich alle mit, darum bemerkten wir erst gar nicht, dass die zwei Flugzeuge zurückkamen. Wir bemerkten es erst, als Tausende kleine Fallschirme vom Himmel schwebten, an denen leuchtende Laternen hingen. Es war so schön! Es war, als kämen die Sterne des Weltalls uns begrüßen.

»Kleber?«, wunderte sich der Lehrer, als er den ersten kleinen Fallschirm auffing. Und es stimmte: Unter jeder kleinen Laterne hing eine Tube Kleber.

»Seidenpapier?«, wunderte sich die Direktorin. Und das stimmte auch: Die Fallschirme waren aus Seidenpapier gemacht.

»Das Schulamt hat uns erhört!«, rief die Direktorin.

»Und wie gewöhnlich übertrieben«, sagte der Lehrer. »Aber diesmal soll's uns recht sein.«

Als dann, genau als das Orchester den fliegenden Fischauflauf spielte, ein Hubschrauber auf dem Schulhof landete, wunderte mich längst nichts mehr. Spätestens bei den Fallschirmen aus Seidenpapier war mir ein Licht aufgegangen.

Der Weihnachtsmann, der aus dem Hubschrauber sprang, war ein bisschen klein, aber sein Bart war wunderbar lang und schneeweiß. Und der Sack mit den Geschenken war riesengroß. Der Helferwichtel, der Pekkas Vater zum Verwechseln ähnlich sah, schaffte es kaum, ihn aus dem Hubschrauber zu hieven.

»Wart ihr auch alle brav?«, fragte der Weihnachtsmann.

»Ja!«, riefen wir.

»Und eure Lehrer?«, fragte der Weihnachtsmann.

»Ja!«, riefen die Lehrer.

Dann teilten der Weihnachtsmann und sein Wichtel die Geschenke aus. Sie hatten für jeden etwas mitgebracht.

Hanna bekam genau das schicke neue Mäppchen, das sie sich gewünscht hatte.

Tiina bekam einen Stift, der in sechs verschiedenen Farben schrieb. Eine schicke Mütze hatte sie ja schon von ihrer Patentante bekommen.

Mika bekam sein Batmobil, und er brauchte dafür nicht mal einen Führerschein, weil es so klein war, dass er gar nicht reinpasste. Dafür hatte es eine prima Fernsteuerung.

Der Rambo bekam eine Aktentasche. Es waren keine Akten drin, aber er wollte sie für seine Boxhandschuhe nehmen, bis er alt genug war, um es doch noch mit fest verdrießlichen Wetterpapieren oder wie das heißt zu versuchen.

Der Lehrer bekam einen Knopf.

»Gibst du noch mal kurz her?«, sagte er zur Direktorin, und als sie ihm die halbe Weihnachtseule gab, öffnete er feierlich eine Tube Kleber und klebte der Eule ein neues zweites Auge an.

»Danke!«, sagte die Direktorin gerührt.

Aber das rätselhafteste Geschenk war das für Timo. Er bekam ein Tütchen Pflanzensamen und einen Zettel mit einer Adresse. Wir staunten, als wir sahen, dass es die Adresse des Gärtners und der Blumentante war.

Nachdem auch alle anderen Schüler und Lehrer der Schule ihre Geschenke bekommen hatten, winkten uns der Weihnachtsmann und sein Wichtel noch einmal zu, dann entschwebten sie mit ihrem Hubschrauber in Richtung Himmel. Watte wirbelte auf, als sich die Rotoren in Bewegung setzten, und für kurze Zeit standen wir in einer weichen weißen Wolke. Als die

Sicht wieder klar wurde, bemerkte ich Timo, Tiina, Hanna, Mika und den Rambo, die im Kreis um mich herumstanden. Sie sahen aus, als machte ihnen etwas Sorgen.

»*Du* hast gar kein Geschenk bekommen«, sagte Hanna.

»Was denkst du, hat der Weihnachtsmann dich vergessen?«, fragte Tiina entsetzt.

»Dem alten Knacker hau ich auf die rote Knollennase«, knurrte der Rambo.

»Es ist alles richtig so«, sagte ich und musste schlucken. »Ich hab kein Geschenk bekommen, weil ich keins verdiene.«

»Wieso das denn?«, fragte Timo verwundert.

»Geschenke sind nur für brave Kinder«, sagte ich.

Dann musste ich weinen. Aus mir war eine richtige Heulsuse geworden, schlimmer als Mika.

Das beste Geschenk

Meine Freunde haben mir verziehen. So sind Freunde. Sie sind eine Million Mal wertvoller als eine Million.

Was übrigens die Million betrifft: Die hatte Pekka für seinen Plan ziemlich genau aufgebraucht. Die Flugzeuge, das Symphonieorchester und der Hubschrauber waren nämlich richtig teuer – ganz zu schweigen von der Watte, dem Kleber und dem Seidenpapier, die der Schule wahrscheinlich bis ins nächste Jahrtausend reichen werden. Das denkt jedenfalls der Lehrer, der uns anscheinend immer noch nicht genug kennt.

Pekka hatte also mit seinem Vater den Gewinnschein eingelöst und die beste Schulweihnachtsfeier aller Zeiten organisiert. Wir fanden sogar, er hatte ein echtes Weihnachtswunder zustande gebracht. Schließlich hatte er eine weiße Weihnacht hergezaubert. Das restliche Geld hatte er dem Gärtner und der Blumentante gegeben. Es war natürlich keine Million mehr übrig, aber es reichte, dass sie die ersten Bäume pflanzen konnten. Aber das Allerbeste war, dass sie Timos Vater einstellten, weil sie so viel zu tun hatten. Darum das Tütchen Pflanzensamen und die Adresse für Timo, bei dem zu Hause sie jetzt doch schön Weihnachten feiern konnten.

»Das ist alles, was noch übrig ist«, sagte Pekka und zeigte uns zwei Geldstücke. »Dafür bekommt man wahrscheinlich kein Hündchen.«

»Und auch keine neue Mutter«, stellte ich fest.

»Nicht so schlimm«, sagte Pekka. »Ich hab sowieso ein bisschen geflunkert. Eigentlich wollte ich die neue nur, weil mir die alte verboten hat, mit dem Schlitten die Treppe vom zweiten Stock runterzubrettern.«

»Echt, das hat sie?«, wunderte ich mich.

»Ja. Und meinem Vater auch«, sagte Pekka. »Aber egal. Zu Weihnachten krieg ich einen Lenkschlitten, mit dem geht's auch draußen.«

»Übrigens«, sagte ich. »Ich hab auch ein Geschenk bekommen. Das beste Geschenk von allen.«

»Echt? Von wem?«, wollte Hanna wissen.

»Von euch.«

»Und was ist es?«, fragte Tiina.

»Ihr habt mir verziehen«, sagte ich.

Ich fühlte mich leicht wie ein Wattebällchen.

»Und was machen wir jetzt mit dem restlichen Geld?«, fragte Pekka.

Darüber hielten wir natürlich eine Sitzung ab. Aus dem Bus schauten wir auf das Lehrerhaus mit seinen hell erleuchteten Fenstern. Sie hatten schon den Weihnachtsbaum ins Haus gebracht, und die Frau des Lehrers schmückte ihn. Gerade befestigte sie den Stern an der Baumspitze. Der Lehrer saß im Schaukelstuhl und hatte das Baby auf dem Schoß. Die Hunde schnüffelten respektvoll an dem neuen Familienmitglied. Der ganze Anblick erinnerte uns an was, obwohl das Haus des Lehrers natürlich kein Stall war. Die Familie, das Kindlein, der Stern – da fehlten nur noch …

»Ja, wen haben wir denn da?«, fragte der Lehrer, als er die Tür aufmachte.

Wir mussten ein bisschen lachen, dass es mit unserer Verkleidung so gut klappte. Der Lehrer erkannte uns nämlich nicht, weil wir alle so schöne schneeweiße Bärte hatten. Nur Mika hatte zusätzlich noch seine Batman-Maske aufgesetzt.

»Wir sind die drei Weisen aus dem Morgenland«, verkündete Hanna.

»Sieben«, korrigierte Timo.

»Sechs Weise und ein weiser Batman«, korrigierte Mika.

»Wir sind gekommen, das Kindlein zu beschenken«, sagte ich und überreichte dem Lehrer ein Päckchen.

Danach verbeugten wir uns tief und schritten würdevoll von dannen. Nur Mika schritt nicht, weil sein Bart an der Fußmatte hängen blieb und runterfiel. Er rannte von dannen und heulte wie ein Batmobil.

Außerdem gewinne ich sowieso nie was

Der richtige Schnee kam an Heiligabend. Er fiel längst nicht so dicht wie die Watte, aber es reichte, dass alles weiß wurde.

»Na, ist die nicht süß?«, sagte die Frau des Lehrers und zeigte dem Baby die Rassel, die wir vom letzten Rest von der Million gekauft hatten. Sie hatte gerade das Päckchen geöffnet.

»Mhm«, brummte der Lehrer, der in der Tischschublade kramte.

»Die Armen haben wahrscheinlich ihre letzten Ersparnisse dafür ausgegeben«, sagte seine Frau.

»Bestimmt. – Hast du übrigens meinen Lottoschein gesehen?«, fragte der Lehrer.

»Deinen Lotto... Ich dachte, du spielst nie Lotto, Liebling?«

»Tu ich auch nicht. Nur kurz bevor das Baby auf die Welt kam, hab ich ein einziges Mal gespielt. Ich hatte plötzlich das Gefühl, dass ich die Lottozahlen weiß. Über dem Trubel mit dem Krankenhaus und allem hab ich den Schein dann ganz vergessen.«

»Vielleicht hast du ihn in der Schule verloren?«

»Könnte sein. Könnte sein, dass ich, nachdem ich ihn abgegeben hatte, noch mal kurz in der Schule war.«

Die Miene des Lehrers hellte sich auf.

»Dann hat die tüchtige Putzfrau ihn bestimmt längst in den Müll geschmissen«, sagte seine Frau.

»Wahrscheinlich ... Außerdem gewinne ich sowieso nie was.«

Die Miene des Lehrers verfinsterte sich.

»Im Gegenteil!«, rief da seine Frau. »Sieh dich doch um! Du bist ein Glückspilz. Du hast ein schönes Zuhause, deine tolle Familie und deine wunderbaren Schüler.«

Zum Schluss zeigte die Frau des Lehrers auf uns. Wir standen nämlich draußen und drückten uns die Nasen an der Fensterscheibe platt, weil wir das Gesicht des Babys sehen wollten, wenn es unsere Rassel sah. Und gehört hatten wir auch alles, weil es draußen so still und friedlich war.

Die Frau des Lehrers hatte natürlich vollkommen recht. Und so dumm es war, dass der Lehrer seinen Lottoschein verloren hatte, gewonnen hätte er wahrscheinlich sowieso nichts. So oft kamen Sechser schließlich nicht vor, und wo *wir* schon einen gehabt hatten, hätte er bestimmt nicht auch noch einen gehabt.

»Du hast recht«, sagte der Lehrer, und seine Miene hellte sich wieder auf.

Gleich darauf zog er die Vorhänge zu. Wir lösten vorsichtig unsere Nasen vom eisigen Fenster und pusteten noch eine Weile, damit Pekkas Zunge vom eisigen Fensterbrett abging. Dann wünschten wir einander frohe Weihnachten.

»Ende gut, auch gut«, sagte Timo.

Inhalt

dtv

Reihe Hanser

Ella aberwitzig und echt zum Tränen lachen

ISBN 978-3-423-**62611**-8

ISBN 978-3-423-**62627**-9

ISBN 978-3-423-**62633**-0

Übersetzt von
Anu und Nina Stohner
Illustriert von
Sabine Wilharm

www.dtv.de